DREAMBOOKS

DREAMBOOKS

DREAMBOOKS

DREAMBOOKS

용무쌍

태양을 덮은 그림자

권용찬 신무협 장편소설

ORIENTAL FANTASYSTORY & ADVENTURE

용무쌍 - 태양을 덮은 그림자 7

초판 1쇄 인쇄 2016년 2월 5일
초판 1쇄 발행 2016년 2월 15일

지은이 권용찬
발행인 오영배
책임편집 편집부
표지·본문 디자인 공간42
제작 조하늬

펴낸곳 (주)삼양출판사·드림북스
주소 서울시 강북구 도봉로 173
대표 전화 02-980-2112 **팩스** 02-983-0660
출판등록 1999년 3월 11일 제9-00046호

ⓒ 권용찬, 2016

ISBN 979-11-313-0491-4 (04810) / 979-11-313-0367-2 (세트)

+ (주)삼양출판사·드림북스의 서면 허락 없이는 어떠한 형태나 수단으로도 이 책의 내용을 이용하지 못합니다.
+ 지은이와 협의하에 인지는 생략합니다. 잘못된 책은 구입한 곳에서 바꾸어 드립니다.
+ 이 도서의 국립중앙도서관 출판시도서목록(CIP)은 서지정보유통지원시스템홈페이지(http://seoji.nl.go.kr)와
  국가자료공동목록시스템(http://www.nl.go.kr/kolisnet)에서 이용하실 수 있습니다. (CIP제어번호: 2016002754)

드림북스는 (주)삼양출판사의 판타지·무협 문학 브랜드입니다.

용무쌍

태양을 덮은 그림자

권용찬 신무협 장편소설

ORIENTAL FANTASYSTORY & ADVENTURE

7

dream books
드림북스

목차

第一章 파사현정　007

第二章 사불범정　059

第三章 양금　113

第四章 누란지세　193

第五章 지리멸렬　269

第一章
파사현정

청성의 제자들은 검을 치켜들며 좌우로 움직였다.

 그러자 하나의 장사도의진이 일순간, 십여 개가 되었다.

 하나의 커다란 뱀이 새끼를 낳은 것처럼 십여 마리의 작은 뱀으로 늘어난 것이다.

 츠르락 츠르락—

 청성의 제자들은 끊임없이 검을 휘돌리며 기이한 소리를 만들어냈다.

 독이 잔뜩 오른 뱀이 혓바닥을 날름거리는 소리 같았고, 장사도의진은 그에 맞추어 물결처럼 출렁였다.

 금방이라도 용무쌍을 향해 날아올라 목을 물어버릴 듯

섬뜩한 기세가 넘실거리며 스산한 긴장감이 감돌았다.

용무쌍은 문득 청성파의 사대요결을 떠올렸다.

온건하고, 악랄하며, 음흉하고, 악독하게.

청성파가 여느 전통의 명문대파와는 다른 성향의 문파임을 잘 말해주는 표현이었다.

그리고 장사도의진은 그 요결을 정확하게 발현한 형태였다.

운송진인이 외쳤다.

"진비(眞備)!"

좌라라라 좌라라라—

휘돌리는 검의 움직임과 소리가 더 커지고, 십여 개의 장사도의진은 용무쌍을 중심으로 원형을 이루어 살아 있는 뱀처럼 맴돌기 시작했다.

나뭇잎 하나라도 떨어지면 폭발할 것처럼 긴장감이 최고조에 이르렀다.

헌데, 바로 그 때, 용무쌍이 철검을 땅에 푹 찔러 넣고서 한 걸음 물러났다.

'무슨 수작이지?'

운송진인을 비롯해 모두가 의아해 하는데, 용무쌍이 입

을 열었다.

"명산 아래 버려진 황무지가 있소. 가진 것 하나 없는 이들이 그곳에 터를 잡아 땅을 일구어 밭을 만들었소. 자신들의 땅은 아니었으나, 버려진 땅이라 믿었기 때문이오. 큰 욕심도 없고, 그저 두 손에 담을 정도의 곡식이라도 얻어, 모진 목숨 놓지 않고 살아보고자 하는 간절한 마음뿐이었소. 그런데……."

예고도 없이 갑작스럽게 들이닥친 대붕파의 무리가 일으킨 과도한 행패와 그 이후의 잔혹한 조치들, 그래서 용무쌍이 대붕파를 찾아갔고, 청성파까지 와야 했던 사정을 멈춤 없이 일사천리로 풀어냈다.

그리고 거기에 그치지 않고 대붕파에서 챙겨온 서류를 운송진인에게 던졌다.

서류에는 대붕파가 청성파를 대신해, 아니 운극진인을 대신해서 관리하던 재산의 목록과 지시사항을 비롯하여 어떠한 조치가 있었는지에 대한 자세한 내용이 일목요연하게 적혀 있었다.

'아, 사형.'

서류를 받아 빠르게 읽은 운송진인은 내심 한숨을 쉬었다.

대붕파가 왜 명산의 황무지를 챙기려 했는지 짐작할 수

있었다.

'사형, 핏줄에 대한 욕심으로 도의를 저버렸구려.'

명산의 황무지는 그 인근의 쓸모 있는 땅까지 포함하여 일종의 예단비로 쓸 것이었다.

물론, 땅의 넓이와 그 가치를 따지면, 손녀의 예단비라 하기에는 너무 과한 측면이 있었다.

그러나 혼사의 이면에는 아미파를 품에 안겠다는 의도도 있었기 때문에, 크게 보면 무리한 비용이랄 수는 없었다.

하지만 서류에는 간단히 넘어갈 수 없는 내용들이 기록되어 있었다.

일단, 명산 인근의 땅은 청성파의 소유가 아니었다.

문서에는 청성산 아래 일가를 이룬 운극진인의 처자 명의로 되었으나, 실질적으로는 운극진인의 소유라고 명시되어 있었다.

사사로이 축적한 땅을 속세에 마련해둔 청성파의 다른 재산들과 함께 속자제자를 통해서 관리하고 있었던 것이다.

게다가 대붕파가 관리하는 재산들 중에, 청성파의 것이라고 하기에는 민망한 것들이 적지 않았다.

예를 들어 주점과 기루가 그것이었다.

구입 시기가 운극진인이 장문인이 되고 나서 몇 년 뒤였으니, 누구의 주도였는지는 따져볼 필요도 없었다.

또한, 청성파의 수입 일부가 횡령되어 운극진인 일가의 재산을 키우는 데 사용되었다는 기록도 있었다.

'사형, 무엇이 그리도 부족하여 사리사욕을 꾀하셨소. 속세의 욕심이 무에 그리 중요하다고 사문에 큰 죄를 지었소이까.'

가슴이 답답했다.

분노보다 안쓰러움이 더 컸다.

예전의 운극진인은 이러하지 않았으니까.

장문인이 되기 전에는 참으로 큰 인물이라 생각했으니까.

추구하던 종파는 달랐으나, 청성파를 청성파답게 이끌어 갈 인물이라 여겨 장문인으로 선출된 걸 기뻐했을 정도였다.

'어허, 이를 어쩐다.'

운송진인은 난감했다.

근원을 따져보니 운극진인의 잘못이고, 청성파의 잘못이었다.

하지만 속가제자가 죽고, 여러 목숨이 사라졌으며, 청성파의 장문인이 의식불명에 빠진 것 또한 간과해선 안 되었다.

진퇴양난이었다.

어느 쪽을 선택하더라도 청성파는 오명과 지탄을 피할 수 없게 되리라.

'물론, 저자만 입을 다물어 준다면……'

문서와 함께 용무쌍만 사라져준다면 모든 고민이 깨끗하게 사라질 것이었다.

운송진인은 용무쌍을 바라봤다.

그리고 또다시 흠칫했다.

그 특유의 담담하고 양심을 찌르는 듯한 눈빛 때문이었다.

그때, 용무쌍이 낮게 읊조렸다.

공력이 실려 운송진인뿐만 아니라, 장내에 있는 수백여 명이 모두 들을 수가 있었다.

"세상에는 영원한 것이 아무것도 없다. 만물은 기껏해야 죽을 때까지만 살기 때문이다. 오직 도만 시작도 없고 끝도 없이 영원히 지속한다. 생명은 전속력으로 달리는 준마에 비할 수 있다. 생명은 매 순간순간 끊임없이 계속 변한다."

운송진인의 눈동자가 크게 흔들렸다.

용무쌍의 말은 장자(莊子) 추수(秋水)에 나오는 문구였다.

그도 몇 번이나 읽었고, 수없이 되뇌었던 문구였다.

그런데 지금 이 순간, 그 문구에 전신이 동강 나는 충격을 받았다.

'내가 지금 무슨 생각을 했던가. 청성을 위한다는 명분을 내세웠으나, 결국 편협한 욕심으로 한 생명을 가벼이 여기고 말았구나. 이런 내가 무슨 자격으로 장문사형을 탓할 수 있단 말인가. 내가 장문사형과 다를 게 무엇인가.'

용무쌍은 자책감에 괴로워하는 운송진인의 가슴에 비수를 꽂듯이 이어서 말했다.

"세상의 도를 공부한다는 청성에게 묻겠소. 무엇을 해야 하는가, 무엇을 하지 말아야 하는가, 실제로 그런 것은 중요한 것이 아니라 하는데, 허면, 청성의 도는 무엇이오? 청성은 무엇을 위하여 도를 추구하는 것이오?"

운송진인은 말문이 막혔다.

할 말은 있었다.

그 말이 불꽃처럼 뜨겁게 타올랐다.

그러나 입 밖으로 꺼낼 수 없었다.

지금 그 말을 내뱉는 순간, 죄인이 되어야 할 것이기 때문이었다.

그는 주위를 돌아보았다.

전주들과 각주들, 제자들이 그의 명령을 기다리고 있었다.

어서 빨리 공격 명령을 내려달라는 표정들이었다.

'저들의 의지를 외면해야 하는가. 내가 청성의 이름을 바닥으로 내칠 수가 있는가.'

혼란스러웠다.

회의감이 들었다.

갈피를 잡기가 힘들었다.

이때, 뒤에서 가까스로 힘을 짜낸 듯한 외침이 들려왔다.

"도와 하나가 되는 것은 영원하다!"

운송진인은 놀라서 뒤를 돌아봤다.

그곳엔 검을 지팡이 삼아 가까스로 쓰러지지 않고 있는 소종진인이 있었다.

말의 의미도 놀라웠지만, 그 말이 소종진인에게서 나왔다는 게 더욱 충격적이었다.

소종진인은 운극진인의 제자로 무종에 들었고, 도종을 탐탁지 않게 생각하고 있었다.

그런 그가 무엇보다 도가 중요하다는 말을 하고 있는 것이다.

사부에게서 돌아서고, 무종을 외면했다는 비난을 받게 된다는 걸 누구보다 잘 알면서도 말이다.

'무엇이 소종을 바꾸었는가.'

아마도 용무쌍과의 격돌 중에 어떤 깨달음을 얻은 듯했다.

죽음을 가까이 둔 순간, 도가의 궁극적 목표라 할 수 있는 무위자연(無爲自然)을 보았을지도 몰랐다.

운송진인은 부끄러움을 느꼈다.

소종진인의 뜨거운 눈빛과 모든 걸 내던지고 받아들이겠다는 단호한 태도가 그를 한없이 작아지게 했다.

운송진인은 눈을 감았다.

그리고 다시 눈을 뜨고 크게 외쳤다.

"몸은 비록 죽더라도, 도는 결코 사라지지 않는다!"

장내를 떨어 울리는 쩌렁쩌렁한 외침에 청성의 제자들은 몸을 떨었다.

그들이 그 뜻을 이해한 건 아니었지만, 감정 저 밑에까지 요동치는 후회와 두려움에 당혹스러워하며 검 끝에 실었던 예기를 거두었다.

모두 지친 숨을 내쉬며 어깨를 움츠리고 고개를 숙였다.

운송진인은 검을 역으로 쥐고, 용무쌍을 향해서 정중히 머리를 숙이고 깊이 포권을 취했다.

소종진인은 그 모습을 보고서야 입가에 웃음을 짓고 다시 주저앉았다.

용무쌍은 말했다.

"새로운 청성을 믿고 돌아가겠소."

그리고 돌아섰다.

운송진인은 아무 말도 하지 않았지만, 그의 태도에는 용무쌍이 원하고 바라던 대답이 함축되어 있었기에, 이후의 상황을 걱정하지 않았다.

  *   *   *

용무쌍이 청성파를 떠나고 얼마 있지 않아서 자정사태와 제자들이 청성을 나왔다.

제자들은 참고 참았던 속내를 드러냈다.

"저희는 운송진인께서 외인을 그냥 보낸 이유를 모르겠어요."

"사부님은 짐작되는 게 있으세요?"

자정사태는 웃었다.

"글쎄다. 불자인 내가 도를 논하는 자들의 대화를 어찌 이해할 수가 있겠느냐."

하지만 그녀의 표정을 보면 이해하고 있음이 분명했다.

"청성의 일이니, 너희는 이후로 오늘의 일을 마음에 담아두지 말아야 할 것이니라."

함부로 이야기했다가 소문의 근원이 되면, 청성과 아미 사이에 큰 문제를 야기할 수 있음을 경고하는 것이다.

제자들은 고개를 끄덕이면서도 조심스레 물었다.

"사부님, 그럼 혼사는 없었던 일이 되는 건가요?"
"글쎄다."
"항 사저가 이를 알면 어찌 반응할지 걱정이네요."
"사홍의 성정을 생각하면 조용히 넘어가진 않을 것이다. 하지만 이제부터는 아미의 일이 아니게 되었으니, 우리가 신경 쓸 필요는 없느니라."
"그래도 장문인께서 항 사저를 도우라 하시면……."
"장문사형은 공사가 명확하신 분이니, 너희가 염려할 일은 일어나지 않을 것이다."

제자들은 자정사태가 늘 옳은 말만 한다고 굳게 믿고 있기에 더는 묻지 않았다.

하지만 자정사태는 겉으로 드러내지만 않을 뿐, 근심을 품고 있었다.

'이대로 그냥 조용히 흘러가면 좋으련만, 그자와 같은 고수가 나타나면 무림은 평지풍파가 일어나기 마련이니. 사천의 평화도 어제의 일이 되려는가.'

그녀는 한숨을 내쉬며 길을 재촉했다.
"장문사형께서 궁금해하고 계실 테니, 어서 가자꾸나."

* * *

강일장은 눈을 떴다.

낯선 천장이 보였기에 얼떨떨했다.

하지만 갑자기 갈증이 일며 목이 타들어가는 것처럼 괴로웠다.

"정신이 나냐?"

낯설 뿐만 아니라, 신경질적인 음성이었다.

누군가 보려고 고개를 들려 했지만, 움직이기가 힘들었다.

이때, 급한 발걸음 소리와 놀란 비명에 이어 모친이 그의 옆에 나타났다.

"장아, 괜찮으니? 이 어미를 알아보겠어?"

"어머니, 목이 말라요."

얼마나 오래 말을 하지 않았던지, 목소리가 심하게 갈라져서 나왔다.

모친은 얼른 그릇에 물을 떠왔다.

하지만 신경질적인 목소리의 주인이 그녀를 제지했다.

"천에 물을 적혀 입술만 축이게 하시오. 지금 상태로 벌컥벌컥 물을 마셨다가는 위험할 수가 있소."

"예, 의원님."

모친은 순순히 말을 들어 물에 적신 천으로 대신했다.

강일장은 입술만 축이는 것에 만족하지 못하고 천을 물

고 쭉쭉 빨았다.

모친이 몇 번을 더 천을 적셔서 빨게 해주고서야 참을 수 있을 정도로 갈증이 해소되었다.

그는 지친 숨을 내쉬며 모친에게 물었다.

"어머니, 무슨 일이 있었던 거죠?"

모친은 그가 의식을 잃은 후 용무쌍이 찾아오고, 어떤 일들이 있었는지 소상히 알려주었다.

"이걸 먹이시오."

신경질적인 목소리의 주인이 다가와 탕약이 담긴 그릇을 모친에게 내밀었다.

오모초였다.

강일장은 그가 자신을 치료해 준 의원이란 걸 알고 감사인사를 하려고 했지만, 상체조차 일어서기가 힘들었다.

"아직 움직일 때가 아니니, 쓸데없이 용쓸 거 없다. 한두 달은 몸을 가누기가 힘들어 가족들의 도움을 받아야 한다."

마침 동생들이 오두막 안으로 뛰어 들어왔다.

"형!"

"오빠!"

아이들이 우르르 강일장의 주위로 모여 앉자, 오모초는 돌아서서 흐뭇한 미소를 지으며 밖으로 나왔다.

그는 하늘을 올려다보고 팔을 크게 돌렸다.

나흘이나 밤을 새우면서 피곤이 누적되어 굳어버린 어깨를 푼 것이다.

"애가 깨어났으니, 슬슬 돌아갈까나."

오모초는 왼쪽 나무 사이로 걸어 들어갔다.

"오랜만에 뵙는군요."

소피를 보려고 바지춤을 내리던 오모초는 뒤에서 들려온 용무쌍의 음성에 흠칫 하며 인상을 찌푸렸다.

"거참, 미리 기척이나 내고 나타날 것이지."

천환변형역용역신공을 통해 도로 용무쌍의 모습이 되어 나타난 용무쌍은 가늘게 미소 지었다.

"나 말고 누가 또 나타날 사람이 있다고 놀라십니까."

"허험, 다른 사람이 나타날까 봐 그러나. 맹수라도 있을까 봐 걱정한 거지."

"천하의 고수들이 모두 두려워하는 천살흉의께서 맹수를 만날까 염려한다고 하면 누가 믿을 수 있겠습니까."

"믿기 싫으면 말라지."

"장아는 어떻습니까?"

"깨어났어."

"상세는요."

"내상을 다독였고, 뼈도 잘 붙을 거고, 한두 달 잘 쉬면 일어날 수 있어."

"잘 쉴 수 있는 여유가 없는 사람들이니 걱정이지요."

"그럼 어쩌라고?"

"조 총관에게 서신을 보내 명산과 인근 땅을 매입케 하고, 저들이 땅을 갈아 농사를 지으며 살 수 있도록 조치케 했으니, 확정되기까지 며칠만 더 머물며 보살펴 주십시오."

"아, 진짜! 내가 그렇게 한가한 사람이야?"

"한가해서가 아니라, 환자를 치료해 달라는 거잖습니까."

"시파, 할 일은 산더미처럼 주고서 이 먼 데까지 불러서 일을 시키면 어쩌자는 거야."

"오랜만에 멀리 여행도 하고, 기분 전환이 돼서 좋으셨을 텐데요."

오모초는 뜨끔하여 반박을 하지 못했다.

용무쌍의 말이 맞기는 했으니까.

"쳇, 그건 그거고, 이건 이거지."

"부탁드립니다."

"이삼일이면 되냐?"

"오 일 내외로 느긋하게 기다리시면 될 겁니다."

"남의 일이라고 길게도 잡는다. 그런데 용 장주는 뭘 하고, 나한테 이런 걸 맡겨. 그리 걱정이 되면 직접 지키고 있으면 되잖아."

"여유가 없습니다."

"뭐가 그리 바빠서? 듣자 하니, 무공 수련하는 거라며? 도대체 여기까지 와서 하는 이유는 또 뭐고?"

용무쌍은 대답하지 않고 손에 든 자루를 내밀었다.

"이걸 장아에게 전해주십시오."

"이건 뭔데?"

"활과 화살입니다."

"활?"

자루를 열어 본 오모초는 눈을 크게 떴다.

"이거 꽤 비싸겠는데. 어린 녀석한테는 조금 과한 물건 아닌가?"

오모초의 안목은 정확했다.

사천에서 최고로 꼽히는 장인이 만든 명궁이었으니까.

용무쌍은 웃었다.

"사천 제일의 사냥꾼에게 딱 맞는 물건입니다."

"흥, 그 꼬맹이가 사천 제일의 사냥꾼? 기대가 너무 크네."

"기대가 없다면 이루어질 수도 없는 겁니다."

"괜한 기대 끝에 떨어지는 건 좌절감밖에 없어."

"부정적인 생각은 실패를 끌어오고, 희망적인 생각은 성공을 끌어오게 됩니다."

"흥, 팔자 좋은 소리로군. 그런데 왜 나한테 주라는 건데. 용 장주가 직접 줘."

"만나지 않는 게 좋습니다."

"왜?"

용무쌍은 어깨를 으쓱이는 걸로 대답을 대신했다.

오모초는 무슨 뜻인지 몰랐지만, 더는 묻지 않았다.

'뭐, 무슨 이유건 간에 내가 상관할 바는 아니니까.'

"바로 떠나려고?"

"지체할 이유가 없으니까요."

"안휘에는 언제 돌아와?"

"영웅대회가 개최되기 전에는 돌아갈 겁니다."

"이번엔 어디로 갈 건데?"

"모르겠습니다. 가다 보면 어디든 찾게 되겠지요."

어떤 물음에도 명확한 답을 내놓았던 용무쌍답지 않은 반응이었다.

'이 녀석 왜 이러지? 얻을 것도 없는데 화전민 아이를 도와주는 것도 그렇고, 어울리지 않는 짓을 하네.'

그가 아는 용무쌍은 아무 이유 없이 누군가를 돕지 않았다.

그 원인과 과정이 정당해서가 아니라, 필요성을 따져 결과적으로 생겨날 이득을 가늠해 보고 개입해 왔다.

철저하게 계산적인 인간인 것이다.

하지만 강일장과 그 가족들 문제에 있어서는 아무리 생각해도 이득이 생겨날 구석이 없었다.

오히려 손실과 귀찮음만 생겨날 뿐이었다.

"이걸 주고 녀석에게는 뭐라 하나?"

용무쌍은 잠시 침묵하다가 말했다.

"잘 살라고 하십시오."

"엥? 이대로 떠나면 끝일 텐데, 마지막으로 남길 말이 고작 그거야?"

"딱히 할 말이 없습니다."

"정 떨어지는 녀석."

"그럼, 영웅대회 때 뵙지요."

"진짜 가는 거냐?"

용무쌍은 가볍게 포권을 취하고 돌아섰다.

"또 이런 일로 부르지 마라! 나 무지 바쁜 사람이야! 다음부터는 알아서 해결하라고!"

용무쌍은 손을 흔들며 산 아래로 사라졌다.

"냉정한 녀석 같으니라고."

오모초는 자루를 내려다봤다.

그의 표정에서 뭔가 복잡한 심경이 느껴졌다.

이때, 뒤에서 그의 속내를 꿰뚫는 말이 들려왔다.

"좋은 놈일지도 모르겠군."

오모초는 전혀 놀라지 않고 돌아봤다.

연산중이 나무 뒤에서 나타났다.

오모초는 특유의 신경질적인 말투로 물었다.

"연 가주, 무슨 소리를 하고 싶은 거요?"

"내가 하는 말이 아니오. 오 의원의 얼굴이 딱 그렇게 말을 하고 있소."

"그럼 연 가주는 그런 생각이 안 들었소?"

"들었지. 어쩌면 좋은 놈일지도 모르겠구나, 하고 말이오. 하지만……."

연산중의 눈동자가 차갑게 번뜩였다.

"녀석이 좋은 일을 했다고 해서 나에게 한 짓이 사라지진 않소. 내 원한이 지워지진 않소. 내 원한은 변함없이 생생하게 살아 있을 거요. 나에게는 여전히 나쁜 놈일 뿐이란 말이오."

오모초는 연산중의 반응에서 자신보다 더한 혼란과 고민을 읽어냈다.

'용 장주에게 정의로운 구석이 있다는 걸 인정할 수 없기에 더 큰 분노가 일어나는 것이겠지. 그런 녀석이 왜 자

신에게는, 대연세가에는 그리도 악독한 짓을 저질렀는지 의아할 테고, 그래서 가식적으로 보일 뿐이겠지.'

허나, 그런 면에 있어서 오모초는 전혀 혼란스럽지 않았다.

'사람은 원래 그런 게 아닌가. 모든 건 자기가 중심이고, 옳으냐 아니냐, 크냐 작으냐의 기준은 어떻게 느끼느냐 하는 감정과 상황마다 달라지는 법이거든. 그러니까 용 장주에게는 대연세가의 일이나 강일장을 돕는 일이나 특별히 다를 게 없는 거지.'

하지만 그래서 마음이 조금 흔들렸다.

'녀석도 결국 사람이란 거잖아.'

무서울 정도로 완벽하고, 소름끼칠 만큼 초지일관이라서 믿을 수가 없었다.

그래서 용무쌍이 자신들과는 완전히 다른 존재인 줄 알았다.

그런데 용무쌍도 자신들처럼 감정을 가졌고, 인간적인 구석이 있었다.

즉, 약점과 허점을 가졌다는 의미였고, 벗어날 수 없을까 봐 걱정할 필요성이 한층 약해졌다.

"손을 뗄 거라면 지금 말하시오."

연산중의 말에 오모초는 쓴 미소를 지었다.

기분이 나빠서가 아니라, 말 속에 담긴 공격성 때문이었다.

 게다가 연산중은 하나 남은 손을 잘게 꼼지락거렸다. 대답 여하에 따라 언제든 등에 맨 검을 뽑겠다는 의미였다.

 '이거 호랑이 등에서 벗어나려고 뛰어내렸는데, 또 다른 호랑이 등에 올라탄 격이 아닌가.'

 하지만 속내를 드러낼 수는 없는 일.

 "이런 정도로 손을 뗄 거라면 시작도 하지 않았지."

 "그 마음을 잊지 마시오. 우린 같은 배를 탔고, 어느 한쪽이든 뛰어내리면 배는 갈피를 찾지 못해서 침몰하게 될 테니까."

 "흥, 연 가주가 그런 소릴 할 입장은 아니지. 내가 때가 아니라고, 가능성이 전혀 없다고 그리 만류를 했는데도 기습할 기회를 노리겠다며 쫓아왔잖소."

 "……."

 "왜 아무 말도 없소? 그리도 고집을 부렸으면, 죽거나 살거나 어찌되든 시도라도 해 봤어야지."

 연산중은 할 말이 없었다.

 '분명 이곳에 올 때까지만 해도 그런 마음이었다.'

 언제가 될지 모를 완벽히 회복할 때를 기다리기가 힘들었고, 그 이후에 회복 이상의 능력을 키워야 하는 부담감도

적지 않았다.

그래서 마음이 급해졌다. 기습이라면 성공할지도 모른다는 희망을 품었었다.

그러나 이곳에 와서 용무쌍의 존재를 인식한 순간 섣부른 행동이었음을 깨달았다.

은신을 들키지 않으려고 기척을 감추는 것만 해도 버거울 정도였다.

"당신 말이 맞소. 따라오겠다고, 기습을 해보겠다고 고집을 부린 건 어리석은 행동이었소. 사과하리다."

연산중이 순순히 인정하고 사과하자, 오모초는 코웃음을 치면서도 더는 비아냥거리지 않았다.

"어쨌든, 난 며칠 더 있어야 하는데, 연 가주는 어쩔 거요?"

"난 먼저 돌아가겠소."

아니, 따로 알아볼 일이 있었다.

'화전민 아이의 모친이 했던 말이 계속 마음에 걸린다.'

처음 이곳에 도착했을 때, 강일장의 모친이 오모초와 대화하던 내용 중에 용무쌍의 외견에 대한 부분이 있었다.

그런데 그가 알던 용무쌍과는 약간의 차이가 있었다.

'물론, 처한 입장과 관점의 차이로 외모 또한 달리 느껴질 수도 있는 것이지만······.'

용무쌍이 용무쌍이 아닌 듯 들렸던 그 외모에 관한 말들이 머릿속에서 계속 아른거렸다.

'오 의원은 대수롭지 않게 여기는 것 같지만, 나는 조사해 봐야겠어.'

예전의 몸 상태와 검공 실력을 회복하고, 더 나은 경지에 올라서는 게 우선이지만, 의문을 해결하지 않고는 집중할 수 없을 것 같았다.

'그러나 나 혼자서는 어려움이 많다. 뭔가 있다고 한다면, 놈이 쉽게 찾아내도록 놔두었을 리도 없고. 보다 내밀한 부분을 찾아내려면, 안쪽 깊숙이 들어가 있는 조력자가 필요하다. 시기상조일 수도 있으나, 놈을 철저하게 파악하여 공략하려면 어쩔 수 없이……'

연산중은 위험성이 크지만, 조금 더 적극적으로 움직여 보리라 결심을 굳혔다.

"연 가주, 내가 가까이에 없다고, 공중단과 다른 약들을 꼬박꼬박 챙겨 먹는 걸 잊어서는 아니 되오."

"알았소. 나중에 봅시다."

연산중은 명산을 내려가고, 오모초는 오두막으로 다시 돌아갔다.

* * *

명산을 내려온 용무쌍은 다시 천환변형역용역신공을 풀고서 남쪽으로 이어진 인수와 악산 등을 거쳐 하염없이 걷고 걸어 귀주로 들어섰다.

위아래로 굽이진 검푸른 밀림.

역대로 수많은 왕조와 중원인들이 드나들었지만, 여전히 그 속을 알 수 없는 미지의 땅.

용무쌍은 누구라도 절로 두려움을 느끼게 만들, 거칠고 꽉 막힌 풍경을 앞에 두고서 미소를 지었다.

사실 그에게는 귀주가 낯설다고 할 수 없었다.

과거 빙궁 궁주 야율문초를 암살하기 위해서 그에게 통하는 유일한 독, 금선사를 구하려고 남만으로 갔을 때 거쳐 갔던 경험이 있기 때문이었다.

물론, 추억으로 남길 만한 경험은 아니었다.

다양한 독충과 맹수, 뜨겁고 습한 기온, 이삼일에 한 번씩 거세게 쏟아지던 비.

그리고 중원인들에 대해서 적대적이었던, 귀신처럼 움직이던 야만족들.

그럼에도 용무쌍은 폐관수련의 장소로 귀주를 선택했다.

'이곳이라면 아무런 방해도 받지 않고 연공에 전념할 수 있겠지.'

고요한 시간을 보낼 수 있으리라 믿었다.

하지만 귀주에 들어서고 두 시진 만에, 그의 바람이 어그러질 징조가 눈앞에 나타났다.

나무 밑동과 수풀 사이에 하나씩, 저 앞쪽에 땅을 기어가던 자세로 죽은 시신까지, 용무쌍의 시야에 모두 세 구의 시신이 들어왔다.

시신은 당연히 한족이 아니라, 귀주의 원주민들이었다.

그리고 과거 용무쌍과 인연이 있던 족속들로, 귀주 북서쪽 금사(金沙) 인근에 터전을 잡은 수족(水族)이었다.

그는 수족의 시신으로 다가갔고, 검푸르게 부운 얼굴과 낯빛에서 그들 모두 독살되었음을 알아챘다.

'수족들은 귀주의 여러 족속 중에서도 독을 가장 잘 아는 걸로 유명한데.'

게다가 두 구는 은신했다가 당했고, 다른 한 구는 도망치던 중에 당한 걸로 보였다.

'수족들의 은신은 평범한 자들은 결코 알아챌 수 없을 만큼 은밀하다. 그리고 두려움이 없어 표범을 만나도 도망치질 않는데……'

그렇다면 이들을 죽인 건 감각이 평범함을 넘어서고, 독에 관해서는 경지에 이르러, 수족들을 두려움에 떨게 만들 정도로 무서운 자들이란 뜻이었다.

그는 더욱 꼼꼼하게 주변을 살피고, 흔적을 통해서 흉수들의 숫자가 열 명이 넘는다는 걸 알아냈다.

'무림인들이 확실한데……'

이상할 정도로 흐릿한 발자국의 깊이와 형태, 방향 등을 통해 움직임을 유추해 보니, 하나같이 일류, 또는 그 이상의 고수들이었다.

그리고 수족들을 죽이고 이곳을 지나간 건 길어 보았자 반 시진 정도 전이었다.

지금까지 알아낸 정보를 종합하니, 뇌리에 무림문파 한 곳이 떠올랐다.

'만약 그 문파라면 수족은 전멸이다.'

어떻게 해야 할까 고민했다.

흔적을 따라가면 바랐던 고요함을 잃게 될 것이고, 따라가지 않으면 고요함을 지킬 순 있어도 과거의 인연을 외면하며 수족의 괴멸을 방관하게 되는 것이다.

'젠장.'

용무쌍은 흔적을 따라서 빠르게 몸을 날렸다.

* * *

계곡을 옆에 둔 수족들의 터전.

쉬리릭—

"악!"

피핑—

"컥!

비황석(飛蝗石)이 날아가고, 육혼망(戮魂芒)이 던져질 때마다 수족 전사들이 비명을 지르며 쓰러졌다.

그들도 당하고만 있었던 건 아니었다. 집과 나무를 방패막이 삼아서 독침을 날리고, 화살을 쏘았다.

하지만 사천당문의 미래를 책임질 후기지수 열두 명에게 통할 공격은 아니었다.

전사들 두 명이 은밀히 나무 위로 올라가, 긴 가지를 타고 움직여 후기지수들의 머리 위에 섰다.

그들은 후기지수들이 방어망을 구축하듯 둥글게 서며 만들어낸 원 중심에 뒷짐을 지고 선 장년인을 노리고 뛰어내렸다.

그들의 움직임은 토끼를 잡기 위해 고속으로 낙하하는 매의 그것처럼 조용하고 빠르고 날카로웠다.

그러나 장년인은 진작 알아채고 있었다는 것처럼 한손을 위로 가볍게 휘둘렀다.

퍼퍽!

두 수족 전사는 커다란 바위에라도 부딪친 것처럼 좌우

로 튕겨나가 땅을 굴렀다.

하지만 큰 충격은 없었던 듯 곧장 일어났다.

그러나 한 걸음을 떼기도 전에 얼굴이 검붉게 변하더니, 피를 쏟아내고 고통스럽게 몸부림을 치다가, 컥컥 거리며 마지막 숨을 내쉬고는 그대로 허물어졌다.

가히 무형지독(無形之毒)의 경지.

현 무림에 이러한 경지를 보일 수 있는 독공의 고수를 묻는다면, 그리고 사천당문에서 찾는다면, 누구나 한 사람을 가장 먼저 떠올릴 것이었다.

사천당문의 현 가주, 독왕(毒王) 살청독수(殺靑毒手) 당문상.

당문상은 마치 더러운 것을 만지기라도 한 것처럼 휘두른 손을 한 차례 털고 다시 뒷짐을 지며 말했다.

"버러지 같은 것들. 놈이 나타날 때까지 하나도 남기지 말고 다 쓸어버려라."

수족들을 사람 취급도 하지 않고 있으니, 참으로 냉혹하기 그지없었다.

그러나 열두 명의 후기지들, 당문십이걸(唐門十二傑)은 전혀 거부감을 보이지 않았다.

오히려 더욱 경쟁적으로 수족들을 죽였다.

수족 전사들이 더는 공격하지 않고 물러나는데도 그냥

도망치게 놔두지도 않았다.

　끝까지 쫓아가고, 숨어도 찾아내서 죽였다.

　결국, 전사들은 모두 죽고, 노인과 여자, 아이들만 남았다.

　그들은 겁에 질려 도망칠 생각도 못하고, 구석에 옹기종기 모여 바들바들 떨기만 했다.

　당문십이걸은 그들을 멀찍이 둘러싼 채 당문상을 돌아봤다.

　이들을 어찌하느냐고 묻는 것이다.

　"내가 명령을 철회했었더냐?"

　표정 하나 변하지 않는 당문상의 질책에 당문십이걸의 얼굴이 굳어졌다.

　아무리 야만인들이라도 맞설 능력이 없는 여자와 아이들을 죽여야 하는 것에는 망설임이 있을 수밖에 없기 때문이었다.

　하지만 당혹스러움과 망설임도 잠시뿐.

　그들은 당문상의 명령을 따르기 위해서 독주머니를 꺼내들었다.

　헌데, 바로 그때 한 소리 분노한 외침이 들려왔다.

　"이게 무슨 짓들이냐!"

　피부가 검게 타고 옷차림은 수족이었으나, 생김새는 한

족인 이십 대 후반의 청년이 마을 초입에 서서 분노 어린 시선으로 그들을 노려보고 있었다.

곧 그의 뒤쪽으로 족장을 포함한 십여 명의 수족전사들이 나타났는데, 멧돼지 한 마리와 사슴 두 마리를 짊어지고 있었으니, 사냥하러 나갔다가 막 돌아온 것이었다.

그들은 죽은 동족들을 발견하고 경악하며 여자와 아이 쪽으로 달려가, 당문십이걸을 막아섰다.

그러나 당문십이걸은 더 이상 수족들을 보지 않았다. 그들은 뒤로 몇 걸음 물러나 당문상의 명령을 기다렸다.

당문상은 상황에 어울리지 않게도 입가에 미소를 짓고 있었다.

마치 청년을 만나게 되어 무척 반갑고 기쁘다는 표정이었다.

그러나 기분 좋아 보이질 않고, 섬뜩했다.

오직 입만 웃고 있었기 때문이다.

"이종아, 오랜만이로구나. 짐작하고 있겠지만, 너를 찾아내려고 무던히도 애를 썼단다."

수족의 복장을 한 한인 청년의 이름은 당이종.

당문상이 후기지수들을 이끌고 사천을 떠나서 귀주까지 온 건, 바로 그를 만나기 위해서였다.

당이종의 얼굴에 어린 분노가 흐릿해지며, 새로운 감정

이 일어났다.

두려움이었다.

"가주."

"삼 년여를 보지 못했다고, 남을 부르듯 하는구나. 가주에 대한 예의도 갖추지 않을 셈이냐?"

당이종의 얼굴이 일그러졌다.

이번엔 두려움이 흐릿해지고, 적개심이 강하게 일어났다.

"미친 새끼. 이 상황에 위계를 따지냐!"

"허허, 근본 없는 것을 먹이고 입히고 무공까지 가르쳐 주었는데, 은혜를 입은 줄도 모르다니. 역시 방계는 어쩔 수 없는 게로구나."

당이종의 얼굴이 일그러졌다.

"그때나 지금이나 하나도 변하질 않았어. 방계가 뭐? 직계는 뭐가 그리 잘나서. 근본? 네가 그런 걸 말할 수 있는 자격이나 되냐? 금기의 욕망도 억누르지 못하고 제수하고 몸을 섞는 새끼가, 누구한테 근본이 없다는 거야!"

당문상의 눈동자에 살기가 짙게 어린 노기가 맺혔다.

"목숨을 바쳐 모셔야 할 상전을 도리어 해하고, 도망쳐 헛된 소문이나 나불거리다니. 새삼스러울 게 없지만, 너에게 당문의 피가 섞였다는 걸 인정할 수가 없구나. 가문의 수치는 깨끗하게 제거해야 하는 게 마땅한 일. 십이걸은 무엇하느냐. 내 몸소 저놈의 혀를 뽑아내 징벌을 가하고, 머리와 사지를 잘라 온몸을 잘게 쪼개서 당문의 핏줄이었다는 흔적을 지워버릴 것이니, 당장 제압하여 끌고 오라."

단순히 벌을 내리겠다는 의미로 보기에는 잔혹하리만치 섬뜩한 명령이었다.

그러나 당문십이걸은 지체 없이 외쳤다.

"존명!"

그들은 당이종을 향해서 일제히 뛰어나갔다.

하지만 그중 두 명만, 나이와 실력이 가장 아래인 당나패와 당갈신만 앞장서 나아가고, 나머지는 몇 걸음 뒤쳐져 움직였다.

그 두 사람이면 간단히 제압할 수 있다고 생각했기 때문이다.

당나패와 당갈신은 좌우로 달려들며 손을 뻗었다.

단순한 손짓 같지만, 회타연편십삼식(廻打軟鞭十三式)의 묘리가 담겨진 손놀림이었다.

당이종도 양쪽으로 마주 손을 뻗었다.

'흥, 감히!'

'병신 새끼!'

두 사람은 코웃음을 쳤다.

하지만 당이종의 손이 그들의 손과 마주친 순간, 기묘한 움직임을 보이며 일순간에 검지를 꺾어버렸다.

"윽!"

"큭!"

당이종은 거기에 그치지 않고 그들의 손목을 잡으려 했다.

당나패와 당갈신은 고통과 당혹감 속에서 급히 손을 뺐다.

하지만 당이종의 손은 그들의 예상을 뛰어넘을 만큼 빠르고, 교묘해서 피할 수가 없었다.

결국, 손목까지 붙잡힌 그들은 재빨리 반대쪽 손에 암기를 꺼내 쥐려는데, 당이종이 손에 힘을 주어 비틀었다.

뚝—

"아악!"

손목이 부러지며 둘이 하나인 것처럼 비명을 지르고, 그 사이 당이종의 손은 팔꿈치로 올라갔다.

우둑—

"끄아악!"

두 사람은 처절한 비명을 지르고, 당이종의 손은 어깨까지 미끄러져 올라가 움켜잡았다.

와드득—

"……!"

고통이 얼마나 컸던지, 둘은 입만 쩍 벌릴 뿐, 비명도 지르지 못했다.

그러나 당이종은 그들의 고통을 개의치 않고 각각 뒷목을 움켜잡아 방패처럼 자신의 앞에 세웠다.

한쪽 팔을 순식간에 세 조각으로 부러트린 그의 악력이라면 목을 부러트리는 것도 간단할 테고, 그래서 나머지 열 명은 포위만 할 뿐, 다가가질 못했다.

당이종은 굳은 표정으로 노려보는 당문상을 향해 비웃음을 날리고는, 십걸들을 향해 물었다.

"놀랐지? 방금 내가 쓴 수법이 뭔 줄 알아?"

십걸은 대답하지 못했다.

모르는 건 아니었다. 짐작은 하고 있지만, 차마 입 밖으로 꺼낼 수가 없는 것이다.

"크크크, 표정들을 보아하니 알아보았군. 그래, 너희 생각이 맞다. 내 수법은 삼양수(三陽手)다."

삼양수는 금나수의 일종으로 당문의 가주만이 익힐 수 있는 무공 중 하나였다.

그래서 십걸의 눈동자가 잘게 흔들렸다.

짐작은 했지만, 직접 들으니 충격이 더 컸던 것이다.

"아직 놀랄 일이 더 남았으니, 진정하라고. 뭐냐 하면,

내가 삼양수만 익힌 게 아니라는 거지. 내가 또 뭘 익혔을 거 같으냐?"

십걸은 예상되는 게 있었지만, 확신하지는 못했다.

설사 확신했더라도 역시 입 밖으로 꺼낼 수는 없었을 것이다.

당이종은 그들이 침묵하는 이유를 알았기에 코웃음을 치고 앞에 세운 이걸의 혈도를 눌러 꼼짝 못하게 했다.

그리고 양손을 그들 사이로 내밀었다.

두 손은 검푸르게 변하며, 사이한 기운을 발산했다.

"……!"

십걸의 눈동자가 더 크게 흔들렸다.

얼굴에 드러내지 않으려고 노력하지만, 마치 비명이라도 내지르고 싶은 표정들이었다.

당이종은 득의의 미소를 지으며 당문상에게 시선을 돌리고 똑바로 쳐다보며 말했다.

"도반삼양귀원공(導反三陽歸元功). 그래, 내가 당문의 가주만이 전수받아 익힐 수가 있다는 내공심법을 익히고 있는 거다."

직계도 아닌 방계가, 그것도 가주가 직접 나서서 죽이려고 할 정도의 죄인이, 당문의 비전 중에서도 최고의 비전이라고 하는 무공을 두 가지나 익히고 있다는 건 상식적으로 말도 되지 않는 일이었다.

당이종은 당문상을 보고 있지만, 십걸에게 묻듯이 물었다.

"왜일까?"

"……."

"어떻게 된 일일까?"

"……."

"도대체 무슨 내막이 있는 걸까?"

"……."

"입만 아픈 소리지. 너희도 이미 알고 있잖아. 가주를 따라 여기까지 왔으니, 소문이 사실임이 증명된 거잖아. 하지만 말을 할 수는 없겠지? 그러면 진짜로 인정하게 되는 거고, 가주의 미움을 받게 되어 직계로서의 모든 혜택과 권력을 포기해야만 하니까."

"……."

"직계? 당기요가 가주의 친자식이란 걸 입 밖으로 꺼낼 용기도 없으면서, 직계가 뭐 어쨌다는 거야. 겁쟁이들에 불과한 병신 새끼들."

신경질적으로 이를 악문 십걸은 고개를 돌려 당문상을 쳐다봤다.

당문상은 담담히 말했다.

"당장 놈을 공격해 제압하라."

십걸은 말로 반박하진 않았지만, 당나패와 당갈신이 잡혀 있어 곤란하다는 표정을 지었다.

당문상은 얼음처럼 차가운 눈길로 그들을 직시하며 말했다.

"당문의 일족이라면 인질이 되어 수치를 당하느니, 명예롭게 죽는 길을 택할 것이다."

가문의 명예를 내걸어 그럴듯하게 포장했지만, 당나패와 당갈신이 죽어도 상관없으니, 공격하라는 뜻이었다.

십걸의 표정이 굳어졌고, 인질이 된 두 사람의 얼굴은 썩은 흙빛이 되었다.

하지만 그들 모두 거부할 수 없는 명령이고, 받아들일 수밖에 없는 상황임을 잘 알고 있었다.

게다가 불만스러운 속내를 한 마디도 꺼낼 수 없는 입장이었다.

유일하게 속내를 가감 없이 드러낼 수 있는 건 당이종뿐이었다.

그는 한심스러워하는 시선으로 십걸을 쳐다봤다.

"그래, 그럴 줄 알았지. 참 좆같지 않냐? 잘못은 자기가 하고, 너희보고 개죽음을 당하라는 거잖아. 안 그래?"

"개새끼야! 닥쳐!"

십걸 중 실력과 나이, 그리고 배경 등에 있어서 첫 손에 꼽히고. 그래서 실질적으로 당문십이걸을 이끄는 역할을 맡아 왔던 당죽생이 버럭 소리쳤다.

"하하하, 당문 제일의 후기지수라고 그리도 고상을 떨며 자랑질을 서슴지 않으시던 당죽생께서 그런 저속한 욕도 할 줄 알았었나? 하긴, 자신의 욕심을 위해서 십이걸이니, 형제니 너스레를 떨며 어울리던 두 사람을 골로 보내야 하니, 없던 욕도 절로 튀어나오겠지. 하지만 그거 알아? 죄책감 느낄 필요 없어. 너희도 가주만큼이나 악독한 놈들이니까."

십걸은 더는 망설임을 보이지 않았다.

그들은 살기를 뿜으며 좌우로 흩어지고, 인질들이 맞지 않도록 겨냥하여 암기를 날렸다.

무림인들이 하나만 목격해도 두려움에 떨며 도망을 친다는 당문의 위력적인 암기들이, 약간의 시간차를 두고 당이종을 향해 사방에서 날아왔다.

그러나 당이종은 당황하지 않고 비웃음을 지으며 당나패와 당갈신의 뒷목을 잡고 바짝 끌어 빙글 돌았다.

퍼퍼퍼퍼퍽—

십걸의 얼굴이 일그러졌다.

그들의 암기가 모두 당나패와 당갈신의 몸에 적중해 버

렸기 때문이다.

"개 같은 새끼!"

"죽여 버리겠다!"

"산산 조각 내 버리겠어!"

십걸이 원독 어린 고함을 내지르며 다시 암기를 던졌다.

그러나 당이종은 조금도 흔들림 없이 시신이 되어버린 몸뚱이를 돌려 암기를 막아냈다.

"으아—!"

십걸은 자신들이 던진 암기에 맞은 시신이 더욱 처참한 몰골이 되자 울분을 터트렸다.

그들은 더는 참지 못하고 각각 무기를 꺼내 들었다.

이때, 당문상이 말했다.

"반드시 사로잡아서 내 앞에 대령해라."

들불처럼 끓어오르던 살심과 투지에 찬물을 끼얹는 소리였다.

십걸의 얼굴에 분노와 짜증이 어렸다.

그들의 머릿속에 일제히 불만 가득한 생각들이 생겨났다.

'어차피 죽일 거면서, 왜.'

'시파, 이게 다 동생 몰래 제수하고 붙어먹고 낳은 당기요를 조카라고 하며, 몰래 후계자로 키우려다가 생겨난 상

황이잖아.'

'가주가 자초한 거라고. 왜 출신도 천하면서 주제도 모르고 반항심만 가득한 저런 놈을 당기요의 비무 상대로 삼았냐 말이야.'

'무공만 전수하면 되지, 당기요에게 비급은 왜 줬어.'

'당이종이 당기요를 죽이고 비급을 챙겨 도망갔으면, 바로 사실을 밝히고 쫓게 했어야지. 그럼 이런 일도 없었잖아.'

'결국, 이 오지까지 와서 나패와 갈신이 죽은 건 가주 때문이야.'

'우리가 이 개고생을 하는 게 모두 가주 때문이라고.'

십걸의 마음에 쌓이고 쌓인 불만이 폭발할 것처럼 머리 끝까지 치고 올라왔다.

하지만 그들은 끝내 아무 말도, 아무 행동도 하지 않았다.

마치 머리와 몸이 따로 노는 것처럼 불만을 떠올리면서도 당이종과의 거리를 좁히고, 빠져나갈 공간을 차단하여 압박했다.

그러나 그를 죽일 수도 없으니, 무기를 휘두르는 동작은 조심스러웠고, 매서움까지 잃었다.

당이종은 싸늘하게 웃었다.

"그래, 역시 너희는 시키는 대로만 하는 개들이다. 아무리 무공이 높고 환경이 좋아도, 최소한의 옳고 그름조차 구분하지 않고 외면하려고만 하니, 달라지는 게 없지. 네놈들의 주제는 딱 거기까지인 거야."

그는 여전히 들고 있던 시신을 십걸에게 던지고, 허리에 동동 매고 있던 새하얀 채찍의 손잡이를 잡아서 힘껏 당겼다.

휘리리릭—

거의 삼 장에 이르는 긴 채찍이 공간을 떨치고 주위를 휘돌았다.

차차차차차차—

칼과 가죽 채찍이 부딪쳤는데, 마치 쇠와 쇠가 부딪친 듯 불꽃이 일었다.

십걸의 채찍은 동강동강 잘려 나가기도 했다.

'뭐야, 이 채찍은!'

'놈이 신병이기를 얻었다!'

얻은 게 아니라, 직접 만든 것이었다.

당이종은 어릴 때 우연히 당문의 암기를 만드는 기술자들의 총책임자와 친해지며 많은 것을 배웠다.

물론, 당문 기술자들과의 교류 자체가 엄격히 제한되고, 통제되고 있었기에 그 사실을 비밀로 했고, 두 사람 외에는 아무도 몰랐다.

그는 당시에 얻은 지식과 경험을 바탕에 깔고, 수족의 특수한 건조 방식까지 참고하여 채찍을 만들었다.

채찍은 귀주에서만 서식하는 백강사(白鋼蛇), 그중에서도 십 년이 넘은 놈을 잡아 그 껍질로 만들었다.

백강사의 껍질은 그 자체로도 대단히 질긴데, 가죽에 쇠만큼 강한 광석을 일 년에 걸쳐 갈아 뿌리고, 악어가죽을 덧씌워 붙이고, 감아서 두드리고 말리는 과정 등을 백 번을 넘게 반복하여 만들었다.

그래서 그의 채찍은 웬만한 칼에는 잘리지도 않을 만큼 질기고, 어지간한 무기를 단번에 동강 내버릴 만큼 강하고 날카로웠다.

거기에 당문 제일심공이라는 도반삼양귀원공의 공력까지 응집시켰으니, 비록 그가 펼치는 편법이 당문에서 기본에 해당하는 호연십팔편(浩然十八鞭)이라고 해도, 십걸을 당혹시키기에는 충분한 위력을 보여 주었다.

"윽!"

사용하던 채찍이 동강 나며 비수를 빼들 수밖에 없었던 십이걸 중 무공서열 삼 위의 당상경이 창처럼 찔러 들어오는 당이종의 채찍을 피하지 못하고 손목에 구멍이 뚫렸다.

'염병, 내가 호연십팔편의 단순하기 그지없는 초식에 당

하다니.'

그는 신음을 급히 삼키며 뒤로 물러났다.

다른 십걸이 그가 물러나며 생겨나는 빈틈을 메우려고 서둘러 자리를 옮겼다.

하지만 손목을 찔렀던 당이종의 채찍은 그대로 당상경에게 따라붙으며 반대쪽 손목을 감아버렸다.

삭둑—

"아악!"

손목이 감기자마자 그대로 잘리며 붉은 속살과 뼈의 허연 단면이 드러났다.

당상경은 끔찍한 고통에 몸부림을 쳤다.

"피해!"

푹

동료의 외침은 당이종의 채찍이 당상경의 심장을 꿰뚫어 버리는 걸 막을 수 없었다.

'당상경까지 당하다니.'

'벌써 셋이나.'

이제부터는 구걸이라 불리게 될 처지였다.

그것도 더 이상의 희생 없이 당이종을 제압했을 때의 이야기였다.

하지만 상황은 점점 불리하게 돌아갔다.

당문의 많은 신진 중에서도 발군이라는 그들이, 아홉 명이나 되는데도 당이종 한 명의 공격을 방어하기에만 급급했다.

암기를 던져 반전의 기회로 삼으려 했으나, 당이종은 그 특성과 움직임을 꿰뚫고 있다는 듯 어려움 없이 피하고 막아냈다.

"악!"

또 한 명이 다리가 잘리고, 연이어 등이 길게 갈라지면서 바닥을 굴렀다.

당이종은 과시하듯 채찍을 공중으로 휘둘러 핏물을 사방으로 흩뿌렸다.

그리고 새삼 분노를 터트렸다.

"가주, 날 찾지 말았어야 했다! 찾지만 않았다면 만날 일도 없었고, 나는 죽을 때까지 이곳에서 살았을 것이다!"

"큭!"

"내가 무얼 잘못했나! 당기요가 먼저 날 죽이려고 했다! 난 살기 위해 방어했을 뿐이야!"

"악!"

연이어 두 명이 더 죽었다.

당이종은 거침없이 채찍을 휘둘러 남은 여섯을 몰아세우며 성큼성큼 나아갔다.

"너희가 자처한 거다! 진실을 감추고 거짓을 덮으려 하다가, 기득권만 챙기고, 가진 거 없고 약한 이들의 목숨 따위는 쓰레기 취급하는 너희의 썩어 빠진 욕심이……."

쾅!

"큭!"

당이종의 상체가 크게 흔들리고, 왼쪽 어깨에 생겨난 작은 구멍에서 피가 줄줄 흘러내렸다.

그는 불신 어린 시선으로 당문상을 쳐다봤다.

뒷짐을 풀고 앞으로 내민 당문상의 오른손에는 쇠로 만들어진 원통형의 물건이 절반 정도 바깥쪽으로 찢겨져 나간 채 검은 연기를 피우고 있었다.

당문상은 비웃음을 지으며 조롱의 말을 던졌다.

"버러지는 말을 하는 게 아니라, 땅을 뒹굴다가 짓밟히면 되는 거다."

당이종은 지혈도 하지 않은 채 멍하니 당문상을 바라봤다.

조롱을 당해서가 아니었다.

그의 눈동자에는 고통과 함께 불신의 감정이 어려 있었다.

"어, 어떻게 천뢰구를 가지고 있지?"

당문상이 들고 있는 건 사천당문이 가진 무기형 암기 중에서도 가장 위력이 강하다고 하는 폭약암기 천뢰구(天雷球)였다.

통 안쪽에 축적된 화약이 폭발하며 파공강침이 튀어나오는데, 정확성이 뛰어나고, 위력도 대단해서 바위뿐만 아니라, 절정고수의 호신강기까지 뚫을 수 있었다.

하지만 현재는 단 하나도 존재하지 않았다.

천뢰구를 만들 수 있는 유일한 인물이 수년 전에 사망하며 제작법이 실전되었기 때문이다.

게다가 이루 말할 수 없이 정교한 작업인지라 설사 제작법을 안다고 해도 만들어질 수 없는 암기였다.

"요 어르신이 돌아가시기 전에 모두 박살 내버렸고, 제작법도 불태워서 만들어질 수도 없는데, 어떻게?"

당문상의 얼굴에 의구심이 어렸다.

"네놈, 요 노인을 무척 잘 아는 것처럼 말하는구나. 그리고 요 노인이 남아 있던 재고를 망가트리고, 제작법까지 없앤 걸 어찌 알았지? 그 사안은 기밀이라, 나 외에 장로 몇 명만이 알고 있는 내용인데 말이야."

당이종이 아는 건 당연했다.

그에게 암기와 무기 제작에 많은 지식을 전해 주었던, 어릴 때 그가 친하게 지냈다는 제작 총책임자가 당문상이 말하는 요 노인이고, 요 노인이 천뢰구를 없애 버릴 계획을 말해준 유일한 사람이 당이종이니까.

"흠, 철저하게 조사했다고 생각했는데, 네놈에 대해서 모르는 게 있었군. 그건 그렇고, 이건 모조품이고 시험품이다. 내가 긴요하게 쓰려고 따로 하나 챙겨 두었던 진짜 천뢰구가 있었는데, 기술자들이 그걸 가지고 연구를 해서 만든 것이지. 하지만 기대가 너무 컸는지, 썩 마음에 들지 않는군. 요 노인이 만든 건 최소 세 번 이상은 더 쓸 수 있는데, 한 번 쓰고 이 정도라니. 이런 식이면 제작비가 감당 안 되지. 정확도도 별로야. 난 채찍을 든 네 손을 겨냥했었던 거거든. 위력도 절반 정도 부족하고 말이야. 실망스럽네, 돌아가면 기술자들에게 한소리 해야겠어."

당문상은 당이종의 부상이 왼쪽 팔을 쓸 수 없을 만큼 커서 여유가 생겼는지, 친절하고 장황하게 설명을 해주었다.

하지만 본래의 목적을 잊은 건 아니었다.

"팔 하나를 쓸모없게 만들어 주었으니, 이제 할 수 있겠지?"

당문상의 담담한 시선이 남은 육걸을 향했다.

그들은 언제 그에게 불만을 품었었냐는 듯 존경 어린 시선으로 쳐다보며 힘껏 고개를 끄덕였다.

그리고 먹이를 발견한 이리 떼의 그것처럼 탐욕 어린 눈빛으로 당이종을 노려보았다.

점혈을 해서 어깨를 지혈한 당이종은 쓴 미소를 지었다.

"그리고 다섯이면 충분할 테니, 악모는 당장 저것들을 내 눈앞에서 치워버려라. 하찮은 것들이 도망치지도 않고 자꾸 노려보니, 영 거슬려."

당이종은 얼굴을 일그러트리며 소리쳤다.

"당문상! 우리의 문제이니, 상관없는 저들은 보내줘!"

당문상은 대꾸도 하지 않았다.

당문십이걸 내에서 무공 서열 이 위의 당악모는 수족들을 향해 움직였고, 나머지는 당이종이 그를 방해하지 못하게 사이를 막아섰다.

"안 돼!"

당이종은 비명처럼 외쳤지만, 오걸의 합공을 뚫어낼 수가 없었다.

'귀찮으니, 한 번에 쓸어버려야겠다. 마치 바람의 방향도 딱 좋구나.'

당악모는 소매에서 꺼낸 작은 독주머니를 왼손에 기울였다.

거뭇한 모래가 쏟아져 나왔다.

보통 사람은 피부에 닿기만 해도 썩어 들어간다고 알려진 독모래, 단혼사(斷魂沙)였다.

그는 맞서서 싸울 각오를 온몸으로 발산하는 족장과 전

사들을 향해 비웃음을 지으며 왼손을 들었다.

그런데 단혼사를 날리려는 순간, 키가 훤칠한 사내가 족장의 뒤쪽에서 걸어 나와 옆에 섰다.

용무쌍이었다.

당악모는 의아하고, 어이가 없었다.

용무쌍이 이곳과는 어울리지 않는 옷차림의 한족이었고, 그 태도가 마치 산책이라도 나온 듯 느긋하고 자연스러웠기 때문이다.

그러나 용무쌍은 그를 더욱 어이없게 만들었다.

"단혼사를 날린 순간 넌 죽는다."

第二章
사불범정

당악모는 코웃음을 쳤다.

단혼사는 취급이 어렵고, 정교함이 떨어지기는 하지만, 다른 어떤 것보다 막아내기가 어려운 암기였다.

'방패라도 들었다면 모르겠지만.'

"네놈이 뭐하는 놈인지 모르겠지만, 말을 나누기도 귀찮으니, 그냥 죽어라."

그는 단혼사를 날렸다.

쏴아아—

하지만 그 순간, 용무쌍이 양손을 펼쳐 내질렀다.

훙—

강력한 장력이 공간을 압박하며 단혼사가 넓게 퍼지기도 전에 역으로 밀어냈다.

"아악—!"

피할 사이도 없이 단혼사를 뒤집어쓴 당악모는 얼굴을 감싸 쥐며 주저앉았다.

오랜 독공 훈련으로 단혼사 독에도 어느 정도 내성을 지녔으나, 눈까지 멀쩡할 수는 없었기 때문이다.

게다가 일부 호흡기를 통해 들어가며 목이 타들어 가는 고통이 그를 괴롭혔다.

하지만 그의 고통은 오래가지 않았다. 어느새 지척으로 다가온 용무쌍이 뒷목을 잡아 비틀어 버렸기 때문이다.

우둑!

목뼈가 부러지는 소리와 함께 비명이 사라지고, 주위가 무겁도록 고요해졌다.

짧은 사이 서로에게 크고 작은 부상을 입히던 당이종과 오걸의 싸움이 중지되었고, 모두가 용무쌍에게 이목을 집중했다.

하지만 정작 용무쌍은 그들을 보고 있지 않았다.

놀라움과 반가움이 교차된 표정의 족장과 그들의 말로 이야기를 나누고 있었다.

"어이가 없군."

당문상은 헛웃음을 지었다.

'온실의 화초라더니, 저렇게 바보처럼 당하나. 멍청해. 무공만 높았지 하나같이 경험이 미숙하여 실전에서는 애송이와 다를 바가 없어.'

그가 당문십이걸을 데려온 건 실력도 실력이지만, 군말 없이 자신의 명령을 수행할 것이기 때문이었다.

이들보다 무공이 더 높으면서도 실전경험까지 많은 단주나 대주급의 수하들을 데려올 수도 있었다.

하지만 그들은 원숙한 나이만큼이나 능구렁이 같은 속을 가졌고, 그래서 자신의 약점이랄 수 있는 부분을 보여주고 싶지 않았다.

'그래도 한두 명 정도 데려올 걸 그랬군.'

당문십이걸보다 다루기 힘든 만큼 막대한 돈이나 지위를 주어야겠지만, 한두 명이면 크게 부담이 되지 않고, 지금처럼 어처구니가 없는 상황을 마주할 일도 없었을 테니까.

'이런 자 때문에 나까지 나서야 하다니.'

짜증이 났지만, 얼굴에 내색하지 않고 꾹 억누르며 말을 건넸다.

"이봐, 수족들과 친한 거 같은데, 그렇다면 내가 선심을 쓰도록 하지. 저들을 데리고 떠나라."

용무쌍은 다 잘 해결될 거라는 듯 족장의 어깨를 두드려

주고는 되물었다.

"정말?"

"나는 저 녀석만 있으면 되거든."

지금은 우선 당이종을 처리하는 데만 집중할 생각이었다.

당문의 고수들인 걸 알고 있으면서도 나선 것이나, 단혼사를 역으로 날려버린 장력을 볼 때 용무쌍의 무공이 낮은 수준 같지는 않고, 그래서 당이종과 함께 처리하려면 골치가 아플 것 같았기 때문이다.

'하지만 당이종만 처리하고 나면 이 녀석과 수족들도 모두 죽여 없애야지.'

목격자를 남겨둘 수는 없었고, 또 당악모를 죽인 것과 자신을 방해하고, 귀찮게 한 것에 대한 대가를 치르게 해야만 하니까.

"그러니까 방해하지 말고 이만 가보라고."

용무쌍은 웃었다.

"거짓말."

"……"

"원한을 잊지 않고, 원수는 끝까지 쫓아가 반드시 죽인다는 게 당문의 철칙이잖아. 그런데 나보고 당문의 일족을 죽이고도 그냥 보내준다는 말을 믿으라고? 특히 냉혹함과 잔혹함에 있어서 역대 가주 중 제일이라는 살청독수 당문상의 말이라면 더더욱 믿을 수가 없지."

"오호, 네놈은 내가 누구인지도 알아보았단 말이지."

당문상은 고개를 끄덕이더니, 뒷짐을 지고 있던 양손을 풀어 아래로 늘어트렸다.

'눈치를 챘으니, 당장 죽일 수밖에.'

"그렇다면 더더욱 살려 둘 수가 없지."

순간, 어디서 어떻게 나왔는지도 모르게, 그의 양손에 암기가 하나씩 쥐어졌다.

메뚜기 모양의 비황석이었다.

하지만 그는 바로 공격할 수 없었다.

"기다려요!"

당문상이 비황석을 던지려고 하는데, 갑자기 왼쪽 숲에서 뾰족한 외침이 들려왔기 때문이다.

그리고 검은 무복을 입은 중년의 여인이 가지와 잎이 무성한 나무 위쪽에서 급히 뛰어나와 용무쌍과 당문상 사이에 내려섰다.

수장 높이의 나무 위에서 떨어진 것인데도 깃털이 떨어진 듯 조용하고 가벼운 안착이었다.

무공 경지가 대단히 높은 고수인 게 분명했다.

당문상은 그녀가 누구인지 알고는 표정이 굳어졌다.

'빌어먹을. 멸마천녀가 이곳에 왜 나타난 거야.'

오뚝한 콧날과 별빛처럼 맑고 차가운 눈동자가 특징적인 미모의 중년 여인은 사천에서 손꼽히는 고수이자, 아미파 장문인의 속가제자인 불후 멸마천녀 항사홍이었다.

당문상은 당황한 표정을 지우고, 암기도 감추며 포권을 취했다.

"항 여협, 오랜만이오."

항사홍도 마주 포권을 취했다.

"사부님의 생신 때 뵙고 처음이니, 거의 사 년 만이네요."

"항 여협을 이곳에서 볼 줄은 상상도 못 했소."

"나 역시 여기서 당 가주님을 만나게 될 줄은 몰랐어요."

"그런데 어찌하여 나의 행사를 막으시는 게요? 혹, 항 여협도 수족들과 친분이 있소이까?"

"그렇지 않아요. 나는 저자 때문에 당 가주님을 막은 것이에요."

당문상은 긴장했다.

항사홍까지 나선다면 그도 감당할 수 없기 때문이었다.

"저자와 친분이 있소?"

"없어요."

안도감이 들면서도 의아스러웠다.

"허면, 어찌 날 막았소?"

"난 방금 도착하여 지금 무슨 상황인지 몰라요. 그러나 난 저자에게 잘못을 묻기 위해서 사천에서부터 흔적을 쫓아와, 지금에서야 꼬리를 잡은 거예요. 그러니 당 가주님은 내게 저자의 처리를 양보하세요."

당문상에게는 듣던 중 반가운 소리였다.

'가뭄의 단비로구만.'

"사정은 알 수 없으나, 공명정대한 항 여협의 요구를 어찌 거절할 수 있겠소. 양보할 테니, 원하시는 대로 하시오."

"고마워요."

스릉—

항사홍은 검을 뽑아들고 용무쌍을 겨누었다.

"나는 멸마천녀 항사홍이다. 내가 이곳까지 널 쫓아온 이유를 아느냐?"

"모르오."

"네놈의 난동으로 우리 아이의 혼사가 깨졌다. 네놈의 목숨으로 그 책임을 물을 것이다."

"고작 혼사 하나 깨졌다고 사람의 목숨을 취한단 말이오."

"명예는 목숨과 같은 것이다."

"그 말에는 동감하지만, 혼사가 깨졌다고 명예를 잃었다고 할 수는 없지 않소."

"명예를 잃었는지 아닌지는 네놈이 판단할 게 아니다."

"그럼, 누가 하오?"

"내 아들과 나, 그리고 가까운 주변인이 하는 것이다. 그리고 내 아들은 사람들 앞에 얼굴을 들지 못하고, 며칠 동안 방에만 틀어박혀 나오질 않고 있다."

"그게 모두 내 탓이란 거요?"

"그럼 누구 탓이냐."

"당신 탓이오."

"내 탓? 그게 왜 내 탓이야?"

"혼사가 작은 일은 아니나, 하늘이 무너질 정도의 큰일도 아니오. 작정만 한다면 견뎌낼 수 있소. 헌데, 그런 정도의 시련도 이겨내지 못하는 아들로 키웠으니, 모친의 탓이 아니면 누구의 탓이겠소."

항사홍은 반박하지 못하고 입술을 잘근잘근 씹었다.

하지만 곧 아차 하는 표정으로 호통을 쳤다.

"이놈, 듣던 대로 교활한 말재주를 지녔구나. 나는 이제 네놈의 말을 듣지 않을 것이다. 말을 하고 싶으면 무공으로 말해라. 당장 칼을 들어라."

"난 칼이 없소."

"뭐?"

청성파에서 철검을 사용했다는 말을 들었던 항사홍은 당황했다.

"칼이 왜 없어? 철검은 어디 두고?"

"더 쓸 일이 없을 것 같아서 팔았소."

"그런 바보 같은!"

항사홍은 난감했다.

'무기가 없는 자를 공격할 수도 없고.'

사실 용무쌍은 권장지각도 절정 이상의 경지에 이르러 무기가 없어도 전혀 문제가 없었다.

하지만 그가 검으로 자정사태를 패배시켰다는 말을 들었던 항사홍은 용무쌍이 검객이라 확신했고, 빈손으로 자신과 맞설 수 있을 거란 생각을 전혀 못 했다.

그녀는 당문상을 돌아봤다.

당문상은 오걸들에게 이쪽에 대해선 신경 끄고 당이종을 제압하는 데 집중하라고 명령한 뒤, 두 사람을 흥미롭게 지켜보던 중이었다.

"혹시 남는 칼 있으세요?"

당문상은 헛웃음이 나오는 걸 간신히 참으며 말했다.

"항 여협도 알다시피 나는 채찍을 주로 쓰는지라."

"이것 참, 곤란하네."

"그냥 공격하시오. 아까 보니 그자는 칼이 없어도 충분히 강한 것 같더이다."

"안 돼요. 아무리 나쁜 놈이라도 칼을 쓰는 걸 빤히 아는데, 빈손일 때 공격할 수는 없어요."

당문상은 젊은 시절 사천의 후기지수들 대부분이 그러했듯이 백치미로 유명했던 항사홍에게 연심을 품은 적이 있었다.

물론, 그 백치미란 것이 무식할 정도의 고집스러운 성격이 만들어낸 착각이었음을 알고 오래지 않아서 마음을 접었다.

'똥고집하고는. 저 멍청할 정도의 고지식함은 나이가 들어도 달라지질 않네. 그러고 보니 남편이 바람 한 번 핀 걸로 이혼까지 했다는 소문이 사실이었구만.'

"허험, 그럼 비수라도 드리리까?"

"비수는 칼로 칠 수 없어요."

항사홍은 고민스러운 표정으로 용무쌍을 쳐다봤다.

용무쌍은 기다렸다는 듯이 말을 했다.

"항 여협, 묻고 싶은 게 있소."

"……?"

"듣기로 항 여협은 요사스럽고 정의롭지 못한 것을 무척 싫어하고, 경멸하기까지 해서 보고만 있질 못한다고 하던

데 사실이오?"

"맞다. 그래서 사천무림의 동도들이 과분하게도 나에게 멸마천녀라는 별호를 지어 주었지."

"흠, 역시."

용무쌍의 반응이 거슬렸던 항사홍은 물었다.

"뭐가 역시란 거냐?"

"나 역시 항 여협처럼 그 별호가 과분하다고 생각했소. 아니, 솔직히 전혀 어울리지 않는다고 생각하오."

그녀는 눈살을 찌푸렸다.

"왜?"

"그 별호가 어울리는 별호였다면, 지금 저들의 행태를 그냥 보고만 있지는 않았을 테니까."

"뭐?"

"방금 도착해 파악이 안 된 모양인 거 같으니, 설명을 해 주리다. 저들은 죄 없는 많은 수족들을 죽였고, 또 남녀노소 가리지 않고 남김없이 멸살할 작정이오. 그리고 다수의 힘으로 저 한 사람을 핍박하여 죽이려는 중이오."

"……."

"사정을 알고도 이를 보고만 있을 거요?"

항사홍은 새삼 마을을 둘러보고 인상을 찡그렸다.

그리고 떨떠름한 표정의 당문상을 쳐다봤다.

"사실인가요?"

"사실이 아니오."

"뭐가 사실이 아닌가요?"

"저놈의 이름은 당이종이고, 당문의 방계 출신이오. 부모를 일찍 잃어 문파에서 먹이고 입히며 키웠는데, 약간의 재능이 있어 무공을 가르치고 내가 아끼던 조카의 비무 상대로 삼았소. 그런데 내가 자리를 비운 사이에 조카를 죽이고, 비급까지 훔쳐 달아나 이곳에 숨은 것이오. 난 몇 년간이나 찾으려 애를 썼던 당문의 죄인을 잡으려는 중이었고, 수족들은 그런 나를 막아서고, 활을 쏘며 공격하기에, 말이 통하질 않아 어쩔 수 없이 방어를 했고, 불가항력으로 죽는 이가 생기고 말았소."

항사홍은 다시 마을을 살펴보았다.

곳곳에 다양한 모양새로 죽어 있는 수족들은 직접 보지 않고도 많은 걸 알려주었다.

특히 서로를 부둥켜안고 구석에 모여 있는 여자와 아이들의 얼굴에 그득한 두려움이 진실이 무엇인지 설명해 주고 있었다.

항사홍은 부상의 여파로 오걸에게 정신없이 몰리며 위급한 상황에 처한 당이종을 한 번 보고, 당문상에게 차가운 시선을 던졌다.

당문상은 말했다.

"곽 공자를 파혼케 한 죄인의 말이니, 믿지 마시오."

곽 공자란, 항사홍의 아들 곽정을 말한 것이었다.

그러나 항사홍의 눈동자는 오히려 더욱 차갑게 빛났다.

"당 가주님의 말을 믿어드리지요. 대신 지금 떠나세요."

당문상은 당이종을 눈짓으로 가리켰다.

"저놈만 죽이면 바로 떠나겠소."

"아니오. 지금 당장 떠나세요."

당문상은 표정이 굳어지며 양손을 늘어트렸다.

"그렇게는 못 하겠소."

항사홍은 용무쌍을 향했던 검을 돌려 당문상을 겨누었다.

"그렇다면 나 역시 당 가주님의 말을 믿어드릴 수가 없겠네요."

당문상의 얼굴에 싸늘한 기운이 어렸다.

"항 여협, 실수하는 거요."

"실수인지 아닌지는 내가 판단해요."

"이 싸움은 한번 시작하면 생사를 갈라야만 끝날 수 있소."

"무림에서 생사가 걸리지 않은 싸움이란 게 있던가요."

"당문의 내부 문제에 항 여협이 개입하는 건, 무림의 불문율을 깨는 것이고, 사천무림에서 이에 찬동할 사람은 아무도 없을 것이오."

"당신이 저 수족들을 학살하는 순간부터 내부의 문제가 아니게 되었어요. 그리고 설사 세상 모두가 날 욕하더라도 난 개입을 해야겠어요."

당문상은 말이 통하질 않아서 답답하고 짜증이 났다.

'하필이면 이런 여자가 나타나서는.'

솔직히 마음 같아서는 항사홍의 요구를 들어주는 척 일단 물러나서 상황을 지켜보고 싶었다.

그리하면 항사홍이 다시 용무쌍과 결판을 내려 할 테고, 운이 좋으면 양패구상, 그도 아니면 어느 한쪽이 죽거나 다칠 수도 있고, 그때는 둘 다 간단히 처리할 수가 있을 테니까.

'하지만 이종 저 녀석이 그때를 노려 도망치기라도 하면 곤란하지.'

게다가 용무쌍의 요사스러운 입놀림을 고려하면 그의 기대대로 흘러가지 않을 가능성도 있었다.

그래서 당문상은 다시 양손에 비황석을 쥐었다.

"항 여협과 손속을 겨루어 보는 게 거의 이십 년 만이구려."

"그때는 내가 이겼죠."

당문상은 욱하며 신경질적으로 반박했다.

"여자를 이겨 보았자 자랑할 게 아니라, 사정을 봐준 거요. 하지만 이번에도 봐줄 거라 기대하지는 마시오."

"최선을 다하시라고 부탁드릴게요. 그래야 저승에 가서라도 후회가 없을 테죠."

"내가 하고 싶은 말이오."

둘 사이에 오고 가는 서늘한 기운이 더욱 짙어졌다.

용무쌍은 슬며시 뒤로 빠졌다.

항사홍은 이를 감지했지만, 돌아볼 수 없었다.

잠시라도 눈을 돌리게 되면 당문상에게 기선을 빼앗길 선공의 틈을 열어주게 될 테니까.

"어딜 도망가! 끝날 때까지 거기서 한 발자국이라도 움직이면 가만히 두지 않을 테다!"

"어차피 가만 두지 않을 거였잖소."

항사홍은 순간 말문이 막혔지만, 곧 분노를 터트렸다.

"날 끌어들이고서 도망을 치다니! 너란 놈은 정말 용서할 수가 없는 나쁜 놈이구나!"

"내가 움직이지 않으면 용서할 수도 있다는 거요?"

"흥, 절대 용서하지 않을 거다."

"그것 보시오. 뭘 어떻게 해도 마찬가지잖소."

"……."

"당신 말대로 내가 좋은 놈이 아니란 건 분명하오. 그러나 도망치려는 건 아니오."

"거짓말!"

"믿지 않는 것이야 당신 마음이지만, 나는 저쪽이 위급해 보이기에 도우려는 거요."

용무쌍이 당이종 쪽을 눈짓으로 가리켰다.

당이종은 절벽 끝으로 몰린 듯 위태위태했다.

항사홍은 한결 누그러진 목소리로 되물었다.

"정말이냐?"

"정말이니까, 나는 상관하지 말고, 거기 관심을 못 받아서 삐쳐 버린 당문가주에게나 집중하시오."

정곡을 찔린 듯 당문상의 얼굴은 붉으락푸르락해졌다.

항사홍은 그 반응을 보고 웃기까지 했다.

그래서 당문상은 더욱 분노했다.

'저 빌어먹을 여우 같은 놈이! 이년만 처리하면, 반드시 저 요사스러운 혀를 뽑아 버리고 말 것이다.'

그는 천천히 옆으로 걸음을 옮겼다.

항사홍도 그에 맞추어 움직였고, 두 사람은 선공의 때를 노리며 원을 그려 나갔다.

'시간을 끌 때가 아니다.'

용무쌍만 아니라면 느긋이 여유를 둘 생각이었던 당문상

은 마음이 급했다.

역으로 오걸이 당하고 용무쌍과 당이종이 그의 뒤를 막아서면 매우 곤란해질 테니까.

그래서 손끝에 힘을 주고 비황석을 던졌다.

쒸쉭—

공간이 찢기는 듯한 괴이한 소리와 함께 비황석이 마치 메뚜기처럼 위 아래로 꿈틀대며 날아갔다.

보통 직선이나 곡선으로 날아가는 여느 암기들과는 완전히 다른 움직임을 보여 중간에서 막아내기가 어려웠다.

하지만 항사홍은 조금의 머뭇거림도 없이 앞으로 뛰어나오며 중간에서 비황석을 향해 검을 찔렀다.

처청—

두 비황석이 연이어서 검 끝에 찔리고, 반으로 분리되어 바닥으로 떨어졌다.

당문성의 낯빛이 어두워졌다.

'젠장, 검의 움직임이 예전과는 비교도 할 수 없이 정교하고 날카로워졌다. 난피풍검법(亂皮風劍法)이 극성에 이른 모양이로구나.'

난피풍검법은 아미파에서도 초식이 가장 현란하고 복잡하여, 장문인만 익힐 수가 있다는 대라수미혜검(大羅須彌慧劍)만큼이나 대성하기가 어렵다는 검공이다.

그래서 아미파 본산제자라고 해도 허락 없이는 전수할 수도, 익힐 수도 없었다.

그런데도 항사홍이 익힐 수가 있던 것은, 장로회에서 합의를 거쳐 특별히 예외를 두고 장문인이 제자로 삼아서 직접 전수했기 때문이다.

그만큼 항사홍의 재능이 너무도 뛰어났던 것이다.

'그러나 나 역시 당문의 정수를 얻은 지 오래다.'

당문상은 연이어 찔러 들어오는 검을 피해 뒤로 물러나면서 허리에 감고 있던 채찍을 잡아 뽑았다.

휘리릭—

검은 바탕에 하얀 점이 가득히 찍힌 채찍이 공간을 휘돌아 검을 휘어 감았다.

항사홍은 검을 좌우로 빠르게 흔들며 당겼다.

당문상은 채찍을 회수하지 않고 손목을 휘돌려 검을 한 바퀴 더 감아 버렸다.

카드드드득—

보통 이런 경우 채찍이 잘려 나가야 정상이지만, 쇠가 갈리는 소리만 생길 뿐, 검이 빠져나오질 못했다.

항사홍의 얼굴에 당혹감이 일었다. 그리고 외견만큼이나 범상치 않은 강성을 지닌 채찍의 정체를 뒤늦게 알아챘다.

'저 채찍이 당문의 개파조사가 사용했다는 금룡백설(金

龍百舌)이로구나.'

 사천당문 전설에 의하면 개파조사가 직접 사냥하여 잡은 이무기의 신경과 가죽을 꼬아서 기본 골격을 만들고, 이무기의 뼛조각을 박아 넣었다고 한다.

 이야기의 진위 여부를 떠나서, 실제로 매우 질기고 단단하며, 무엇보다 귀공 서염묵이 만든 무기라는 점에서 가치를 더하는, 신병이기였다.

 항사홍은 검을 놓을 수가 없어 당문상이 던지는 암기를 피해서 좌우로 정신없이 움직였다.

 하지만 금룡백설의 길이만큼 허용하는 거리 안에서 눈에 보이지도 않을 속도로 날아오는 암기를 계속 피한다는 건 결코 쉽지 않은 일이었다.

 항사홍은 이를 악물었고, 공력을 배가시켰다.

 순간, 그녀의 검에서 파릇한 기운이 일어나 명확한 형태를 이루었다.

 '검강!'

 그는 깜짝 놀랐다.

 난피풍검법은 화려함과 정교함에 특화된 무공.

 기본적으로 공력이 과도하게 응집되질 않아서 검강을 발현할 수가 없다고 알려졌다.

 '그래서 처음부터 금룡백설로 감아 검의 움직임을 차단

한 것인데, 검강이라니.'

하지만 그가 알지 못하는, 외부에 알려지지 않은 속사정이 있었다.

본래 난피풍검법은 아미구음신공(峨嵋九陰)과 함께 익혀야 했다.

그러나 아미구음신공을 익히면 과도한 음기의 축적으로 인해서 아기를 가질 수 없게 된다.

부작용을 알게 된 항사홍은 배우기를 포기했다. 그녀의 어릴 적 꿈이 바로 현모양처이고, 늘 아기를 원해 왔었기 때문이다.

자정사태 이후 최고의 검재였던 항사홍을 놓치기 싫었던 아미파에게는 고민스러운 상황이었다.

그런데 운 좋게도 항사홍 일가에 전해지는 가전심법 옥로오화결(玉露五化訣)이 난피풍검법과 성향이 잘 맞는다는 걸 알게 됐고, 다시 장로회의 결의를 거쳐 옥로오화결을 통한 난피풍검법의 수련을 강행하게 됐다.

그리고 옥로오화결은 아미구음신공과는 만들어진 의도 자체가 달라서, 공력 응집에 대한 양적인 제한을 받지 않았다.

그래서 지금처럼 검강의 발현도 가능할 수 있었던 것이다.

당문상은 급히 손목을 휘돌려 금룡백설을 풀었다.

아무리 강철만큼 질기고 단단해도 검강의 위력 앞에서는 치명적인 손상을 입을 수가 있기 때문이다.

검의 자유를 되찾은 항사홍은 날개를 단 호랑이처럼 기세를 되찾았고, 역시 아미파의 비전인 구전환영보(九轉幻影步)를 펼치며 당문상을 향해 짓쳐 들어갔다.

당문상은 항사홍의 신형이 일순간 십여 개의 똑같은 모습을 만들어 내며 시야를 가득 채우자, 급히 뒤로 빠지며 암기를 연이어 던졌다.

암기에 맞은 항사홍이 하나씩 깨지며 사라졌다.

그러나 어느 것 하나 진짜가 없었고, 결국 진짜 항사홍이 지척까지 이르도록 허용하고 말았다.

쉬쉬쉬쉬쉭—

진짜 항사홍만 남은 순간 역으로 검은 수십 개로 늘어나 당문상을 뒤덮었다.

당문상은 금룡백설을 당기면서 휘저었다.

휘리리릭—

매섭게 공간을 휘어 감으며 검의 그림자를 길게 내리쳤다.

파파파파파팡—

검영이 폭죽처럼 터지고, 금룡백설이 크게 출렁이며 뒤

로 밀려났다.

스악—

"큭!"

팔과 어깨를 베인 당문상은 신음을 터트리며 손에 가득 꺼내 쥔 도둑 풀 모양의 독질려(毒疾藜) 여섯 개를 일제히 던졌다.

가까운 거리에서 공력까지 실린 채 빠른 속도로 쏘아지는 독질려의 위력은 모골이 송연할 정도로 무서웠다.

그러나 항사홍의 매섭고 정교한 검공의 벽을 뚫어내기에는 역부족이었다.

채채채채채챙—

여섯 개 모두 검 끝에 찔리고 둘로 쪼개지며 땅으로 떨어졌다.

'끝낸다.'

항사홍은 확실한 우위에 서서 궁지로 몰아넣은 만큼 이번 공격으로 끝낼 생각이었다.

아니, 반드시 끝내야만 했다.

왜냐하면 용무쌍을 추적하며 몇 날 며칠 쉼 없이 달려오느라 체력이 많이 떨어진 상태였고, 무리하게 검강을 발현하며 공력까지 많이 소진했기에 길게 끌수록 불리한 입장이었다.

그녀는 독질려를 던지고 급히 물러나는 당문상을 뒤쫓기 위해서 가볍고 매끄러운 걸음으로 땅을 밟아 나갔다.

그런데 절반 정도 따라붙었을 때 심한 현기증이 일어났다.

단순히 기력과 체력이 떨어져서 생겨나는 증상이 아니었다.

현기증을 유발할 만한 이유가 떠올랐다.

'중독?'

급히 공력을 돌려보니, 미세한 독기가 감지되었다.

'도대체 언제?'

독이 가장 신경 쓰이는 부분이라 하독할 여유조차 주지 않았고, 그런 기미조차 발견하지 못했기에 항사홍으로서는 당혹스러울 수밖에 없었다.

그러나 곧 당혹감을 떨쳐 버리고, 냉정을 되찾았다.

'지금은 중독 과정을 따질 때가 아니다. 고민하며 시간만 보내다가는 증상만 점점 심해질 것이고, 결국 제풀에 지쳐 쓰러지게 될 거다.'

그녀는 독이 더욱 빠르게 퍼질 것을 각오하고 남은 공력을 모두 끌어올렸다.

'하하하, 중독됐구나!'

당문성은 항사홍의 머뭇거림과 낯빛, 표정을 통해서 중

독되었음을 알아챘다.

'금룡백설이 독을 분출하리라고는 생각도 못 했겠지.'

금룡백설에 박았다는 이무기의 뼈가 진짜 이무기 뼈인지는 모르겠지만, 그냥 단단하기만 한 게 아니라 독기까지 머금고 있었다.

단시간에 목숨을 빼앗을 정도로 치명적인 살상력까진 아니었지만, 지속적으로 독기에 노출되면 항사홍 정도의 고수조차 맥을 쓰지 못할 정도로 위력적이었다.

'네년은 이제 끝났다.'

그는 득의의 미소를 지으며 앞으로 나섰다.

그러나 곧 항사홍의 기세가 심상치 않다는 걸 느꼈다.

'이번 일격으로 모든 힘을 다 끌어내려고 하는구나.'

그렇다면 무리해서 맞설 필요가 없었다. 파도의 높이가 클 때는 맞설 게 아니라 지나갈 때까지 기다리는 게 상책이니까.

그래서 뒤로 물러났다. 아니, 물러나려고 했는데, 왼쪽에서 매서운 기세가 느껴졌다.

'화살?'

사태를 주시하던 족장과 수족 전사들이 항사홍의 상태가 좋지 않음을 알고 화살을 쏜 것이다.

"저 버러지 새끼들!"

당문상의 능력으로 화살을 쳐내는 건 어렵지 않았다.

하지만 동시에 항사홍의 검까지 찔러 들어왔다. 어느 한 쪽만 선택해 막을 수밖에 없는 것이다.

그는 결과의 치명도를 고려해 항사홍의 검을 금룡백설로 쳐냈다.

퍼퍼퍼퍽!

네 대의 화살이 그의 상체에 연달아 박혔다.

호신강기까지는 아니었지만, 공력을 전신으로 휘돌린 덕분에 깊이 박히지는 않았다.

하지만 그중 하나가 목에 박히며 충격과 고통이 예상보다 컸다.

그리고 이어서 항사홍의 검이 그의 미간을 노리고 찔러 들어왔다.

'염병.'

그는 막을 여력이 없었다.

그렇다고 넋 놓고 기다릴 수도 없었다.

왼손에 암기를 쥐었다.

수백 개의 가시가 박혀, 밤송이처럼 생긴, 혈적자(血摘刺)라는 이름의 암기였다.

그는 도반삼양귀원공의 공력을 십성 끌어올려 혈적자에 응집시키고 하늘로 던졌다.

거의 동시에 항사홍의 검이 그의 미간을 꿰뚫었다.

하지만 그는 웃고 있었다.

그의 입술은 마지막 숨을 내뱉으며 단어 하나를 중얼거렸다.

"만천화우(滿天花雨)."

하늘에 던져진 혈적자는 응축된 도반삼양귀원공의 공력에 반응하여 폭발했다.

광—

중심으로부터 힘껏 뿜어지는 폭발력은 수백 개의 가시를 밀어냈고, 소나기처럼 땅 위로 쏟아졌다.

혈적자가 하늘로 던져진 순간, 사천당문 최고의 위력과 살상력을 가진 절기, 만천화우임을 알아챈 항사홍은 뒤로 몸을 날렸다.

그러나 마지막 일격에 모든 힘을 쏟아 냈고, 중독의 영향까지 있어서 몸이 마음먹은 대로 빨리 움직이질 않았다.

그녀는 달리는 걸 포기하고 급히 돌아서며 검을 빠르게, 연달아서 휘둘렀다.

휘휘휘휘휘휘휙—

턱없이 부족한 공력과 체력에도 불구하고, 정교함을 바탕으로 흐릿하게나마 검벽을 형성했다.

차차차차차차창—

그러나 수백 개의 철가시를 모두 막아 내는 건 거의 불가능했고, 수십 개가 일시에 틈을 비집고 들어왔다.

항사홍은 안타까운 탄성을 터트렸다.

'이렇게 생이 끝나는구나.'

죽음을 각오했다.

눈을 감았다.

두려워서가 아니었다.

촌각의 시간이라도 남은 삶을 멍하니, 허망하게 흘려보내고 싶지 않았기 때문에 아들, 가족, 사부 등 소중한 사람들을 떠올리기 위해서였다.

헌데, 그 순간 근원을 알 수 없는 엄청난 압력과 기파가 얼굴을 쓸고 지나갔다.

철가시가 튕기고, 저희들끼리 부딪치며 흩어지는 소리와 함께 사위가 고요함에 잠겨 들었다.

항사홍은 의아해하며 눈을 떴다.

시야 가득 넓은 등이 보였다.

등의 주인이 고개를 돌려 그녀를 쳐다보며 웃었다.

용무쌍이었다.

두근—

심장의 두근거림이 이상할 정도로 커졌다.

두근 두근—

얼굴이 붉어졌다.

두근 두근 두근—

호흡이 가빠졌다.

"괜찮소?"

항사홍은 괜히 부끄럽고, 당혹스러웠다.

머리가 어지러웠다.

'아, 왜 이러지?'

초점이 흔들리고 흐려졌다.

'아, 중독되었지.'

새삼 자신의 몸이 위험한 상태란 걸 깨달았지만, 왠지 안심이 되었다.

다리에 힘이 풀려 몸을 가누기가 어려웠다.

그녀는 더는 버티지 못하고 무너졌다.

용무쌍이 손을 뻗어 그녀의 팔을 잡고, 허리를 감으며 부축했다.

두근 두근 두근—

'이, 이 사람 때문이 아니…….'

항사홍은 그대로 용무쌍의 품에 얼굴을 묻으며 의식을 잃었다.

* * *

안휘 청양 용가장.

대연흑풍단의 거처.

훈련을 마치고 돌아온 연유화는 씻고, 옷을 갈아입고, 창가에 앉아 차를 마셨다.

해가 떨어질 듯 말 듯 붉은 노을을 길게 늘어트리며 창가를 비추었다.

노을에 일렁이는 그녀의 시선은 서쪽 하늘을 향했다.

'주군과 마지막으로 수련한 이후로 벌써 두 달이 흘렀구나.'

창가에 비스듬히 기댄 그녀의 얼굴에는 공허함인지, 그리움인지 모를 미묘한 감정이 어려 있었다.

'언제 돌아오시려나.'

생각하고 나니, 씁쓸한 기분이 들었다.

'내가 왜 이런 생각을 하는 건지……'

혼란스럽기도 하고, 부끄럽기도 하고, 그럼에도 용무쌍(주군)에 대한 생각이 머릿속에서 계속 아른거렸다.

그와 처음 만났던 날, 이후 함께 수련했던 날들, 그리고 설명도 없이 마지막이라는 말만 남기고 떠났던 그날까지.

처음 한 달간은 이상할 정도로 아무 생각도 나지 않았는데, 이후 한 달 동안은 조금이라도 여유가 생기기만 하면 그와 함께했던 순간들이 너무도 선명하고, 생생하게 계속 떠올랐다.

그리고 갈수록 그리움이 커져만 갔다.

'추억이랄 것도 없는데. 그냥 함께 무공을 수련했을 뿐이잖아.'

다정함도 없었다.

용무쌍은 냉혹하다 싶을 만큼 단호하고 가차 없이 다그치고, 단련시켰다.

그래서 남들은 이해하지 못할 것이었다.

그녀 스스로도 자신의 감정을 이해할 수가 없었으니까.

'뭔가 하자. 몸이 편해지니 생각만 복잡해지는 것 같아.'

차를 단번에 비우고 일어났다.

'뭘 하지?'

다시 무공을 수련할까.

단원들이나 일가의 형편을 살피고, 상태를 점검할까.

'아, 그래. 청이의 무복을 사러 가자.'

최근 그녀와 함께한 폐관수련에 이어서 강도 높은 단련을 받으며 무복이 많이 상하고 해진 상태였다.

그런데도 연유청은 괜찮다며, 아직 충분히 입을 수 있으니까 그런데 돈을 쓰지 말자고 제법 어른스럽고 기특한 말을 했었다.

'분명 청이는 훌륭한 가주가 될 거야.'

뿌듯한 마음과 함께 방을 나섰다.

말린 빨래를 거둬들이던 시녀가 물었다.

"아가씨, 곧 해가 질 텐데, 어딜 가세요?"

"청이 옷을 사오려고."

"그런 일은 저한테 시키세요. 제가 다녀올게요."

"괜찮아. 내가 하고 싶어서 그래."

"곧 식사 때가 되는데요?"

"늦지 않게 최대한 빨리 돌아올게."

연유화는 또 마음이 복잡할 다른 생각이 나지 않게 걸음을 재촉하여 거처를 나섰다.

장원을 나서고, 많은 사람들의 주목을 받으며 대로를 걷던 연유화는 살짝 눈살을 찌푸렸다.

사람들의 시선과 관심 때문은 아니었다.

그런 것에는 이미 적응이 됐다.

그리고 해가 한껏 기울어 어둑해지면서 그녀의 얼굴이 환하게 드러나지도 않는 데다, 사람들도 그녀의 존재감이 익숙해진 만큼 예전처럼 적극적으로 귀찮게 하지도 않았다.

그녀가 예민해진 건, 그런 일반적인 주목 너머로 묘하게 신경을 자극하는 시선 때문이었다.

'누군가 날 따라오고 있다.'

미행당하고 있었다.

'누구지?'

짐작되는 이도 없어 더더욱 경계심이 생길 수밖에 없었다.

게다가 그녀의 예민한 감각이 아니라면 쉽게 알아챌 수 없을 정도로 은밀한 시선이란 것도 문제였다.

'무림인이다. 그것도 일류 이상의 고수.'

그래서 아무렇지도 않은 듯, 전혀 알아채지 못한 듯, 평소와 다름없는 신색과 표정을 유지하며 걸었다.

구경하는 것처럼, 실제로 의복점을 둘러보다 연유청의 무복을 두 벌 골라 사고, 다시 되돌아 걷던 그녀는 중간쯤에 골목 쪽으로 방향을 꺾어 들어갔다.

그리고 곧장 땅을 박차고 뛰어올라 지붕에 올라서더니, 물위를 밟으며 날아오르는 백학의 그것처럼 경쾌하고 빠르게 달렸다.

잠시 몸을 감추는 걸로 속을 상대가 아니고, 만만치 않은 고수인 만큼 뭔가 의도가 있다면 존재감이 노골적으로 드러나는 한이 있더라도 쫓아오리라 생각했기 때문이다.

그녀의 짐작은 옳았다.

죽립을 쓰고 손에 검을 든 자가 뒤따라서 지붕으로 올라
서더니, 그녀를 뒤쫓기 시작했던 것이다.
 연유화는 바로 멈춰 서지 않았다.
 주변을 물색하여 인적이 드물고, 큰 싸움이 일어나더라
도 피해가 없을 곳을 찾았다.
 '저쪽이 좋겠어.'
 규모가 큰 객잔을 짓고 있는 듯 여러 종류의 자재가 쌓인
공터를 중심으로 건물의 골격을 거의 다 갖춘 공사장이 보
였다.
 뒤를 돌아봤다.
 죽립인은 여전히 그녀를 쫓아오고 있었으나, 거리는 이
전과 별 차이가 없었다.
 '따라 붙을 생각은 없다는 건데, 무슨 의도인 건
지…….'
 연유화는 처마 끝을 밟고 서너 장을 날아 공사장 건물 꼭
대기에 내려섰다.
 그리고 끝자락에 서서 죽립인을 바라보았다.
 죽립인은 그녀와 마주보는 건물 꼭대기에 섰다.
 '거리는 여섯 장 정도. 한 번의 도약으로 검이 미치는 간
격은 충분하다.'
 연유화는 공사장 내부의 모양부터 시작하여 싸우게 되었

을 때 영향을 미칠 모든 점들과 일어날 가능성을 최대한 고려하고 머릿속으로 계획하면서 물었다.

"당신은 누군데 날 미행하고, 따라온 건가요?"

죽립인은 말이 없었다.

연유화도 더 묻지 않고 죽립인을 살폈다.

'왼손의 각도와 형태가 미묘하게 어색해. 아, 의수로구나.'

그녀가 아는 선에서는 외팔이 검객이 없었다.

스릉!

죽립인이 검을 뽑았다.

"싸워 보자는 건가요? 당신, 혹시 창룡문의 사람인가요?"

검을 들어 그녀를 겨냥했다.

"아니면 최근 용가장의 행사로 피해를 보고 원한을 품은 문파의 인물인가요?"

자세가 살짝 낮아졌다.

몸을 날리기 위한 준비 동작이었다.

연유화도 검을 뽑았다.

"혹시 누군가로부터 의뢰를 받은 살수?"

죽립인은 겨누었던 검을 당겨서 허리 뒤로 뺐다.

"당신은 날 이길 수가 없으니, 어떤 이유든 간에 마음을 접고 돌아가요."

죽립인은 죽립의 끝을 잡고 조금 더 깊게 눌러썼다.

파팍!

가볍게 나무 골격을 박차고 뛰어올랐다

연유화도 보고만 있지 않고 마주 뛰어올랐다.

차차차창—

검과 검이 연달아 네 번을 부딪치고, 신형은 교차하여 반대쪽에 내려섰다.

두 사람은 바로 돌아서서 서로를 향해 검을 겨누었다.

마치 얌전하게 자리만 바꾼 것처럼 똑같은 자세에, 상처를 입지도 않았다.

그런데 연유화의 표정이 좋지 않았다.

의아함과 불신, 그리고 슬픔의 감정이 엿보였다.

그녀는 당혹감을 지우지 못한 목소리로 물었다.

"당신 대연세가의 사람이군요. 왜죠? 왜, 무슨 이유로 이러는 거죠?"

각 문파마다 주류로 익히고, 추구하는 무공은 다른 문파와 구별되는 그 문파만의 특성을 가지기 마련.

죽립인이 검을 휘두르는 자세 등에서 대연세가의 특성이 보였다.

그것도 한 번의 격돌에서 느껴질 정도라면, 매우 오랫동안 익히고 배우며 뼈에 새기듯 몸에 각인시켜 자연스레 표출한다는 의미가 아니겠는가.

"이름이 뭐죠? 왜 사문을 배신한 건가요?"

그래서 슬펐던 것이다.

대연세가의 사람이 그녀에게 검을 겨누었다는 건, 어떤 이유와 목적이든 간에 지난 삶을 모두 지우고 배반했다는 뜻이었으니까.

"난 한 번도 사문을 배신한 적이 없다. 다만, 나의 존재감이 강제적으로 지워진 것에 분노하고 있을 뿐이다."

연유화는 자신의 귀를 의심했다.

다시는 들을 수가 없을 거라고 생각했던 목소리를 들었기 때문이었다.

"많이 성장했구나. 이제는 나와 비교해도 전혀 뒤처지지 않을 실력이야."

"아, 아, 아버지?"

죽립인이 죽립을 벗었다.

연산중의 웃는 얼굴이 드러났다.

"아버지!"

연유화는 나무 골격을 박차고 뛰어올라 육 장여의 거리를 단번에 뛰어 넘어 연산중의 품에 안겼다.

연산중은 오른손으로 그녀의 머리를 쓰다듬었다.

"그래, 내가 돌아왔느니라."

     * * *

 항사홍은 눈을 떴다.
 어둑함 사이로 천장이 보였다. 뭔지 모를 재질이었고, 무척 낮아서 일어나면 그녀의 머리 높이와는 서너 뼘 정도밖에 차이가 없을 것이었다.
 몸을 덮은 이불도 뭔지 모를 짐승의 가죽이었다.
 '여긴 어디지?'
 고개를 좌우로 돌리며 일어나는데 느낌이 이상했다.
 "아!"
 가죽이 흘러내리며 허전하다 싶었더니, 실오라기 하나 없는 나신의 상태였다.
 급히 옆을 보니 입던 옷과 속옷이 가지런히 개어져 있었다. 그 옆에는 검도 놓여 있었다.
 얼굴을 붉히며 속옷과 옷을 급히 집었다.
 그런데 입으려니 몸에 힘이 하나도 없었다. 팔 하나 움직이는데도 자연스럽지 못했고, 곳곳이 욱신거리며 아팠다.
 '그러고 보니 그때……'
 당문상과의 싸움이, 그리고 기절하기 직전에 있었던 기

억들이 떠올랐다.

 특히 용무쌍에게 구해지고, 품에 안기듯 쓰러졌던 걸 기억해 내고 얼굴을 붉혔다.

 '아, 혹시 그자가 나를?'

 최악의 상황이 떠올랐다.

 의식을 잃고 난 이후의 기억이 전혀 없으니, 단순한 불안감이 사실인 것처럼 느껴져 분노가 일어났다.

 이때, 문이 열리고 달빛이 스며들어 왔다.

 "괜찮소?"

 달빛을 등지고 나타난 사람은 용무쌍이었다.

 나무 그릇을 들었는데, 거뭇한 죽 같은 게 담겨져 있었다.

 항사홍은 검을 집어 들고 빠르게 뽑으며 소리쳤다.

 스릉—

 "이 자식, 내게 무슨 짓을 한 거야!"

 검날이 용무쌍의 어깨 위로 내리꽂히는 달빛을 받아 차갑게 번뜩였다.

 "나야 보기는 좋지만, 그쪽은 민망스럽지 않겠소?"

 무슨 소리를 하는 건가 했던, 항사홍은 곧 자신의 상의가 반쯤 흘러내려 가슴 일부가 노출되었음을 깨달았다.

 가죽 이불에 덮여 있어 보이지 않을 뿐, 바지도 반쯤 입다 만 상태였다.

얼른 한 손으로 옷을 여미며 소리쳤다.

"눈 감아!"

"눈을 감았다가 찌르기라도 하면 어찌 알고 피하란 거요."

"안 찌를 테니까, 감아!"

"그걸 어찌 믿고."

"난 한번 한 약속은 반드시 지키니까, 눈 감아!"

"알겠소."

용무쌍은 눈을 감았고, 항사홍은 미심쩍은 표정으로 확인했다.

"진짜 감았지?"

"감았소."

"조금이라도 봤다가는 찌른다."

"이미 볼 건 다 봤고, 새삼 더 볼 생각도 없소."

항사홍은 기분이 나빴다.

그러나 다 봤다는 게 기분 나쁜 건지, 볼 생각이 없다는 말이 기분 나쁜 건지 스스로도 알 수가 없어 짜증이 났다.

"그리고 나도 한번 한 약속은 반드시 지키니까, 걱정 마시오."

항사홍은 코웃음을 치고는 옷을 꼼꼼히 챙겨 입었다.

"됐어, 눈 떠."

용무쌍은 눈을 떴고, 바로 코앞에 검이 겨누어져 있는 걸 보고는 난감한 표정을 지었다.

"안 찌르겠다고 했잖소."

"안 찔렀잖아."

"흠, 꼼수하고는 거리가 먼 사람인 줄 알았는데."

항사홍은 용무쌍을 빤히 쳐다보다가 검을 거두었다.

"흥, 입 하나는 천하제일을 자부해도 되겠어."

"고맙소."

"칭찬 아냐."

"알지만, 면전에서 노골적으로 욕하는 것보다는 듣기 좋잖소. 이거 드시오."

용무쌍이 앞에 앉으며 그릇을 내밀자, 항사홍은 본능적으로 인상을 찌푸리고 거부감부터 드러냈다.

"내가 그걸 왜 먹어."

"먹으면 좋은 거요."

"배 안 고파."

"배 채우라고 주는 게 아니라, 남은 독기도 쫓아내고, 내상도 회복하고, 단명하지 않고, 건강하게 오래 살려면 이걸 먹어야 하오."

"무슨 소리야?"

"백문이 불여일견이고, 내 말에 믿음이 별로 없으니, 설명을 듣는 것보다 공력만 한 번 움직여 보면 금방 알 수 있을 거요."

항사홍은 그의 말대로 공력을 끌어올렸다. 아니, 끌어올리려고 했다.

'윽!'

단전의 공력을 끌어올리려고 시도한 순간 칼로 찔린 듯한 통증이 아랫배를 괴롭혔다.

기분이 최악일 때 지독한 생리통에 시달리는 느낌이었다.

'역시 공력을 무리하게 썼어.'

몸을 점검하기 위해서 통증을 참아 내고 천천히 미량의 공력을 끌어올렸다.

표정이 더욱 심각해졌다. 내상이 짐작보다 더 심했고, 어떤 종류인지도 알 수 없는 독기까지 곳곳에 퍼져 있었다.

이런 몸으로 의식이 없던 무방비 상태였던 걸 고려하면, 죽지 않은 게 신기할 정도였다.

"어떻게 된 건지 자세히 설명해 봐."

"자세히 설명하면 당장 날 죽이려고 할 것 같아서 못 하겠소. 그냥 내가 할 수 있는 최선의 방법을 썼고, 수족의 도움을 받아 만든 이 약초 죽이 한몫을 했으며, 한동안 계속 먹어야 한다는 것만 알면 되오."

항사홍은 죽일 듯이 그를 노려보았다.

최선의 방법이란 것 때문에 자신이 나신의 몸으로 깨어난 게 분명하고, 생각만으로도 치욕스러웠기 때문이다.

하지만 어금니를 악물고 참았다.

'내 목숨을 구해준 건 분명하니까.'

그것도 만천화우의 공세에서 살아난 것까지 따지면, 두 번이나 구함을 받은 것이었다.

"드시오."

"뭐가 들었는데?"

"일부는 당신도 아는 걸 거고, 일부는 생소하지만 알아도 상관없고, 나머지는 알면 절대 먹고 싶지 않은 거요."

항사홍은 잠시 말이 없다가 그릇과 나무 수저를 받아들어 한 입 떠먹었다.

"……!"

끔찍한 맛이었다.

과거 부상을 당하고 회복할 때마다 쓰디쓴 약을 다양하게 먹어 보았지만, 이것만큼 쓰고 역하고 뱉어 버리고 싶은 맛은 처음이었다.

"맛은 없겠지만, 먹어야 하오. 참지 못하고 뱉어 내면, 평생 후유증에 시달릴 거고, 다시는 본래의 몸을 회복하기가 힘들 거요."

 용무쌍의 말을 액면 그대로 믿지 않았다.

 그러나 무시할 수도 없었다.

 인정하는 게 자존심이 상하지만, 아직까지는 그가 틀린 말을 한 적이 없었으니까.

 참고 삼켰다.

 꿀꺽—

 "한 입 한 입 떠먹다가는 절반도 먹기 힘들 거요. 알갱이가 걸리지 않게 잘 갈고 짓이겼으니, 그냥 물처럼 한 번에 마시시오."

 용무쌍의 지시를 따라야 하는 게 떨떠름했지만, 다른 방도가 떠오르지 않아서 그릇째 들어서 마셨다.

 '윽!'

 몇 번이나 토해 내고 싶었지만, 끝까지 참고 그릇을 모두 비웠다.

 "잘했소, 이걸 씹으면 조금 나아질 거요."

 껍질이 벗겨져 속이 꽉 찬 죽순 같지만, 조금 더 반투명한 느낌이었다.

 "이게 뭐지?"

 "단수수요."

 잠시 망설이다가 혀로 살짝 핥았다.

단맛이 나며, 역함이 조금 가셔졌다.

와득―

한입 깨물어 씹자 시원한 단물이 배어 나왔다.

항사홍은 행복감이 밀려와 저도 모르게 빙긋이 웃었다.

"맛있소?"

그녀는 대꾸도 않고 연이어 단수수를 씹고, 단물을 빨아 먹으며 입안에 남은 약기운을 완전히 지워 버렸다.

"후아~ 이제 좀 살겠다."

"약죽과 단수수를 충분히 준비해 두었으니, 오 일간 꼼짝 말고 먹으면서 몸조리하면 괜찮아질 거요."

"오 일?"

"더 짧으면 좋겠지만, 확실히 회복하려면 오 일은 있어야 하오."

항사홍은 벌써 질리고 지친다는 듯 한숨을 쉬었다.

"아, 그런데 나머지 당가의 고수들은?"

"모두 죽었소."

"네가 다 죽인 거야?"

"반반이오."

"그 당가의 젊은이와 수족들은?"

"모두 떠났소."

"떠나?"

"이곳은 이제 산 자들이 살 수가 없는 죽은 자들의 마을이라고 했소. 당이종도 당가에서 추적대를 보낼 수도 있으니, 떠나야 한다고 했고."

'여기에 우리 둘뿐이란 거네.'

항사홍은 조금 불안감이 들었지만, 내색하지 않고 물었다.

"상관도 없는 이들을 도울 리는 없고, 수족들과는 무슨 사이야?"

"오래 전에 도움을 받은 적이 있소."

그녀는 잠시 망설이다가 물었다.

"왜 날 구한 거지?"

"무슨 뜻이오?"

"난 널 죽이려고 했잖아. 그냥 죽도록 놔두는 게 좋았을 텐데."

"당신은 왜 당 가주와 맞섰소?"

"그거야……."

"당신과 비슷한 이유였소. 그리고 나는 당신이 죽는 게 좋다고 생각해 본 적이 없소."

항사홍은 용무쌍의 시선을 피해 얼굴을 돌렸다.

"쉬고 싶어."

용무쌍은 일어났다.

"내일 봅시다."

"안 떠나?"

"급할 것도 없고, 오 일 정도는 여기 있어도 상관없소."

"회복하면 널 죽일 수도 있어."

용무쌍은 어깨를 으쓱였다.

"여기 있겠다는 게 내 마음이듯, 날 죽이겠다는 건 당신의 마음이니, 알아서 결정하시오."

용무쌍은 나기기 위해서 가림막을 밀어냈다.

"고마워."

"……."

"구해 줘서."

돌아보니 항사홍이 그를 빤히 쳐다보고 있었다.

부끄럽다거나, 민망하다거나, 하는 얼굴은 아니었다.

약간 복잡한 느낌이 있었으나, 진심으로 그에게 고마워하는 표정이었다.

용무쌍은 웃었다.

"나도 고맙소. 도와줘서."

용무쌍은 밖으로 나갔고, 항사홍은 다시 누워 눈을 감았다.

그녀의 입가에는 미소가 어려 있었다.

　　　　＊　　＊　　＊

　공사장에는 적막감이 감돌았다.

　연유화는 부친으로부터 그녀가 몰랐던 내막과 그동안 어떤 일이 있었는지를 전해 들었다.

　충격에 빠졌다.

　아무 생각도 나질 않고, 아무 말도 나오지 않았다.

　연산중은 그녀가 느낄 당혹감을 이해하고 묵묵히 기다려 주었다.

　연유화는 퍼뜩 정신을 차린 듯 고개를 흔들며 물었다.

　"왜죠? 왜 용 장주가 아버지를, 대연세가를, 왜 우리한테 그런 짓을 한 거죠?"

　"지금으로써는 안휘의 패권을 쥐려는 명분을 얻기 위해서 이용한 거라고 짐작할 뿐이다."

　"하지만 우리가 아니라도 용 장주의 능력과 재력이라면 가능해요. 그런 식으로 하지 않아도 가능하단 말이에요."

　"시간의 문제이겠지."

　"……?"

　"가능하긴 하지만, 오랜 시간이 필요하다. 지금처럼 빨리 패권을 쥐진 못했을 것이다."

　맞는 말이었다.

"하지만, 하지만……."

믿고 싶지 않았다.

믿을 수가 없었다.

용무쌍에게 평생을 두고도 다 갚지 못할 큰 빚을 졌다고 생각했는데, 그 모든 게 다 거짓이고 허상이고 사기라니.

'그럼, 주군은 뭐지? 용 장주는 주군의 명령을 따른다고 했는데, 이제까지 주군의 지시에 따라서 모든 걸……'

문득 주군이 사라졌을 때, 용무쌍도 폐관에 들어갔다는 점이 떠올랐다.

'우연일까?'

아니면 주군이 사라지면 용무쌍도 사라질 수밖에 없는 것일까.

'두 사람이 아니라, 한 사람이라면 그럴 수밖에.'

그동안 주군과 수련을 할 때마다 용무쌍이 어디에 있었는지를 떠올렸다.

두 사람의 존재성과 위치, 시간 차를 비교했다.

'아.'

뒤통수를 얻어맞은 듯 머리가 아찔하고 어질어질했다.

"괜찮으냐?"

"모르겠어요."

연산중은 연유화의 어깨를 감싸 안았다.

"나도 너처럼 혼란스러웠고, 고통스러웠다. 믿을 수가 없었고, 믿고 싶지가 않았다. 꿈처럼 여겨졌다. 꿈이라면 깨길 바랐다. 하지만 어떤 식으로 생각하든 달라지는 게 없더구나. 이 잘린 손처럼 과거의 시간들은 내게서 강제적으로 떨어져 나가버려 돌아오질 않더구나."

연유화는 손을 뻗어 부친의 의수를 쓰다듬었다.

눈물이 흘렀다.

안타깝고, 미안했다.

그래서 화가 났다. 분노했다.

"아버지."

"네 잘못이 아니다. 나의 잘못도 아니다. 대연세가는 아무 잘못도 없다. 잘못은 용무쌍 그자에게 있다."

눈물로 가득한 연유화의 눈동자가 차갑게 번뜩였다.

"죽일 거예요."

"안 된다."

"왜요?"

"지금은 때가 아니다. 우린 용무쌍에 대해서 제대로 알지 못하고 있다."

그는 명산에서 생겨난 의문에 대해 이야기해 주었다.

연유화는 공감했다. 그녀도 자신이 용무쌍의 소개로 주군을 만나게 되었고, 단련을 받은 사정을 이야기했다.

"주군이 용 장주인 게 분명해요. 왜 그렇게까지 해서 정체를 숨긴 것인지는 모르겠지만, 모든 게 기만이었어요."

"그래서 나는 이유를 알아야 한다고 본다. 왜 정체를 숨긴 건지, 용무쌍이 용무쌍이 맞는지, 도대체 무슨 의도를 가진 건지. 먼저 알아내야만 한다. 적을 모르고 감정적으로 달려들면 실수를 반복하게 되고, 필패하게 될 것이다. 그래서 네 도움이 필요하다."

연산중은 이렇게 일찍 자신이 살아 있음을 알린 이유를 설명했다.

연유화가 해줄 역할에 대해서도 말했다.

"할 수 있겠니?"

"할 수 있어요. 해야만 해요. 그에게 대가를 치르게 해야 하니까요."

"그래, 그래야지."

"청이에게는 계속 숨겨야 하겠죠?"

"청이가 감당할 수는 없을 것 같구나. 금방 얼굴에 드러나, 발각될 거야. 그리고 지금 믿을 사람은 우리뿐이다. 누군가가 우리 몰래 용무쌍과 내통하고 있을지도 알 수가 없다. 그러니까 우리 둘만 알고 있자꾸나."

"알겠어요."

"이제 돌아가 봐라."

"조금만 더 있다가요."

"네가 늦으면 시녀들이 걱정할 거고, 경각심을 주어 감시망에 포착될 수 있다. 그럼, 시간의 문제일 뿐, 내가 여기에 나타난 것도 알려질 거고, 그때는 모든 게 수포로 돌아가게 될 거다."

연유화는 일어났다.

연산중은 그녀를 한 번 안아 주고, 죽립을 썼다.

"곧 다시 보자꾸나."

"네, 아버지. 곧 다시 봐요."

연유화가 먼저 지붕으로 몸을 날려 사라졌고, 연산중은 한숨을 내쉬며 죽립을 더 깊게 눌러 쓴 다음 반대쪽 지붕으로 뛰어올랐다.

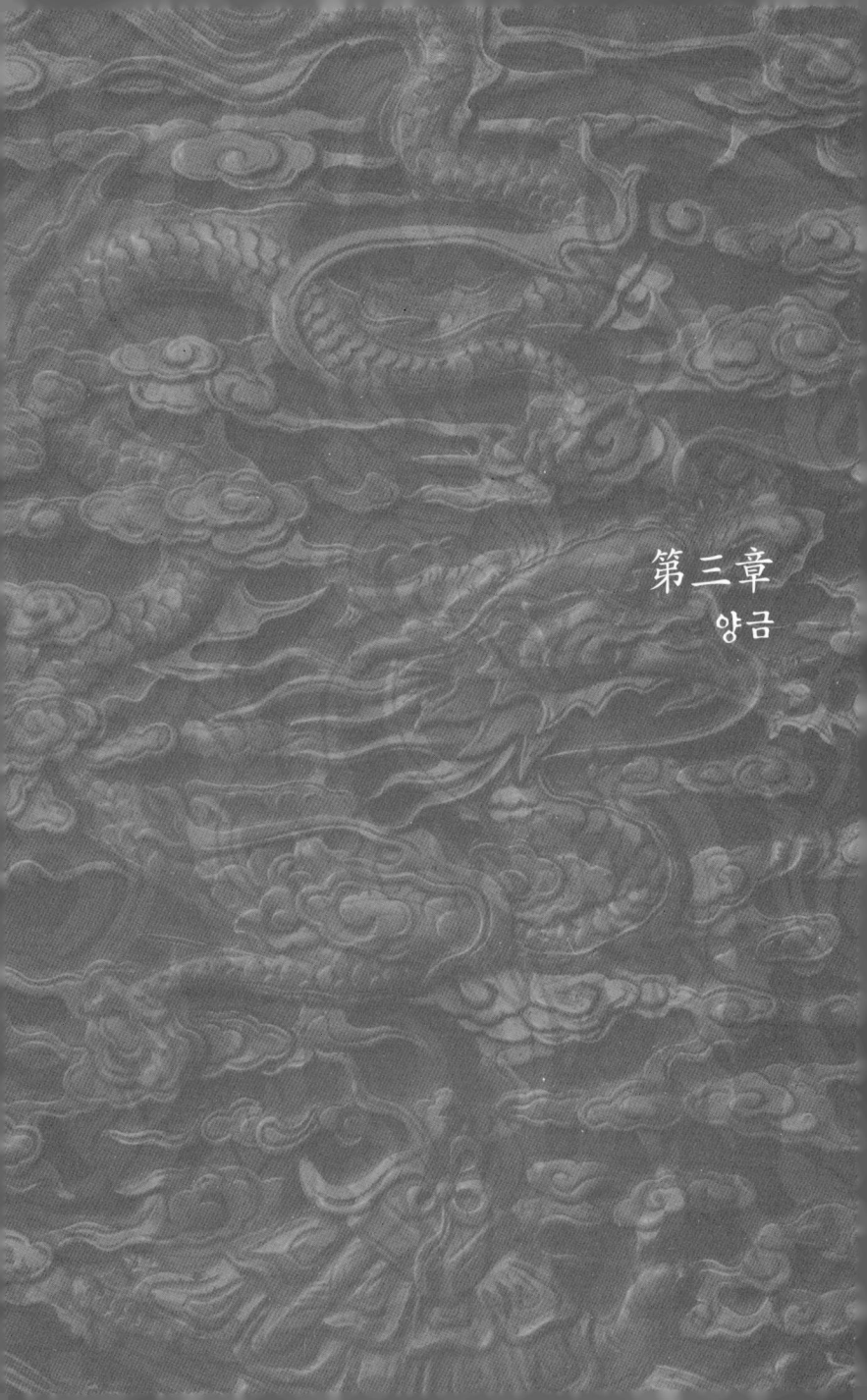

第三章
양금

항사홍은 검을 수련하기 위해서 묘시(卯時오전5~7시) 말이면 늘 일어나던 게 습관이 되어 있었다.

그래서 몸이 좋지 않고, 요양 중임에도 저절로 눈이 떠졌다.

그녀는 흐트러진 옷을 정리하고, 나무 그릇에 담긴 물로 얼굴을 닦았다.

가벼운 화장도 하고 싶었으나, 그럴 일이 없다고 생각했기에 챙겨 오지 않았다.

그래서 아쉬웠다.

그녀는 오감을 키워 밖의 기척을 살폈다.

인기척이나, 누군가 인근에 있다는 느낌이 전혀 없었다.

'어딜 간 거지?'

아무것도 하지 않고 하루 세 끼, 약죽과 단수수만 먹으며 보낸 시간이 어느덧 나흘.

식사 때 외에는 용무쌍을 보지 못했다.

이른 아침에도 마찬가지였다.

처음엔 잠을 자는 건가 했지만, 아니었다.

아침 약죽을 먹을 때가 되면 다른 곳에서 마을로 돌아오는 용무쌍의 인기척을 느낄 수가 있었기 때문이다.

'도대체 어디서 뭘 하는 거야?'

시간이 갈수록 의구심과 궁금증이 커져만 갔다.

'못 참겠다.'

자리를 박차고 일어났다.

요 며칠 쌓인 불만과 궁금증이 한계치에 다다른 것이었다.

당연히 검을 챙겨 들었다.

'몰래 이상한 짓을 꾸미는 것일지도 모르니까.'

그를 찾으려는 것에 다른 이유는 절대 없다고 자위하며 움막을 나섰다.

용무쌍은 늘 같은 방향에서 왔기 때문에, 그리고 오가기 수월하게 수풀과 넝쿨, 잔가지 등을 깔끔하게 제거해 길을 만들어 두었기에 굳이 흔적을 찾으며 고생하지 않아도 되었다.

'근처에 폭포가 있었나?'

길을 따라 저 앞쪽에서 희미하게 물이 떨어지는 소리가 들렸다.

걸음을 조금 더 빨리하여 나아갔다.

"아!"

시야가 갑작스레 탁 트였다.

사천에서도 보기 힘든 기화이초가 형형색색으로 피어난 언덕을 따라가다 비스듬하게 깎아져 뚝 떨어지는, 십여 장 높이의 낮은 절벽.

그 절벽과 반대쪽 사이에는 크고 작은 수십 개의 돌기둥이 치솟아 올라, 마치 엉성하게 엮어 놓은 돌다리처럼 이어졌다.

건너 절벽에는 줄기줄기 물이 흘러내리고, 그 물이 계곡 위로 떨어지며 일으키는 물보라에서 연기처럼 피어오르는 안개가 돌기둥을 따라 퍼져 나가 밑바닥을 자욱하게 메웠다.

인계를 떠나 선계를 앞에 둔 것처럼 참으로 신비롭기 그지없는 절경이었다.

하지만 무엇보다 그녀를 감탄케 한 것은 돌기둥을 오가

며 검법을 펼치는 용무쌍의 모습이었다.

 용무쌍은 고작 두 발을 모아 설 수 있는 넓이의 돌기둥을 발판 삼아, 비상하는 독수리의 활갯짓처럼 힘차고 화려하게 뛰어올랐다.

 나비처럼 종잡을 수 없는 움직임으로 허공을 떠돌다, 물고기를 포착한 순간 번개처럼 수면 아래로 파고드는 황새의 긴 부리처럼 매섭게 검을 뿌렸다.

 다른 돌기둥에 깃털처럼 가볍게 내려선 순간, 칼바람처럼 공간을 베어 버리고, 곧장 뛰어올라 거대한 해일처럼 내리치기도 했다.

 경신법은 화려하면서도 절제되었으며, 검법은 매섭고 정교하고, 힘이 적절히 들어가 결코 가볍지 않았다.

 조화의 극치.

 모자람이 없고, 과함이 없고, 유독 넘치는 건 절로 머리가 숙여질 기품뿐이었다.

 왠지 모르게 용무쌍이 뿌리듯이 검을 휘두를 때마다 진하고 산뜻한 향나무 냄새가 풍겨 왔다.

 '아름답다.'

 항사홍은 이처럼 멋지고 감동스러운 광경은 처음이었다.

 감격과 흥분으로 눈물이 날 것만 같았다.

 물론, 사부와 자정사태를 비롯하여 그녀가 지금까지 겪

어 보았던 여러 절정 고수들의 무공 수준은 놀라운 경지에 이르렀고, 그들이 무공을 펼치는 걸 보고 경탄한 적도 여러 번이었다.

그러나 이 정도까지는 아니었다.

그녀는 지금까지 몰랐던 새로운 세상에 발을 들인 듯한 기분이었다.

'나도 저 안으로 들어가고 싶다. 함께 어우러지고 싶다.'

단순히 강함을 겨루고, 이기고자 하는 마음이 아니었다.

호승심과는 다른 열망이었다.

그녀는 평생 검을 연마해 왔던 검객이었기에, 잠시라도 저 높은 검공의 경지를 공유하고 싶다는, 가능하다면 영유하고 싶다는 순수한 열정이었다.

'할 수 있을까?'

독기는 거의 사라지고, 내외상도 많이 호전되었다고 하지만, 완벽하게 온전한 몸 상태라고는 할 수 없었으니까.

그때, 훈풍과 같은 바람이 그녀의 얼굴을 쓸고 지나갔다.

용무쌍이 검을 휘돌리고 공간을 쓸어 올리며 생겨난 바람이었다.

그녀는 바람을 귓가로 흘려보내며 용무쌍을 바라봤고, 그의 눈길 역시 그녀를 향했다.

그는 아무 말도 하지 않았지만, 마치 어서 오라고 손짓하는 것 같았다.

용기를 내라고, 기다리는 중이라고 말하는 것 같았다.

항사홍은 검을 잡았다.

스릉—

검을 뽑고, 검집은 바닥에 내려놓았다.

이대로 모든 걸 내걸겠다는 의지였다.

절벽으로 걸어갔다.

갈수록 보폭을 넓혀 가더니, 절벽 끝에서 박차고 올라 등천능운십팔식(騰天凌雲十八式)의 움직임으로 한 번에 네 개의 돌기둥을 뛰어넘었다.

타탁—

힘을 잃으며 아래로 내려서고, 돌기둥을 밟은 순간 다시 뛰어올라 공중을 떠돌고 있던 용무쌍의 지척까지 이르렀다.

그녀는 검을 내뻗었다.

용무쌍 역시 마주 검을 휘둘렀다.

챙—

검과 검이 마주치고, 그들의 신형은 뒤로 빠지는 듯하더니 천근추의 수법으로 돌기둥 위에 내려섰다.

서로 검을 겨누었다.

그리고 뛰어올라 공중에서 뒤엉키고, 검을 연달아 부딪치며 위로 치솟아 올랐다.

하늘로 이어진 회오리처럼 끝없이 올라가던 두 사람은 좌우로 흩어지며 아래로 떨어졌다.

두 사람은 떨어지며 서로를 바라봤다.

그리고 다시 검을 휘돌려 부딪쳤다 떨어졌다를 반복했다.

각자 돌기둥 위로 내려섰다. 곧바로 몸을 날려 중간에서 검을 부딪쳤다.

차차차창—

항사홍은 옥로오화결의 공력을 기반으로 한 난피풍검법.

용무쌍은 항사홍이 한 번도 접해본 적이 없던 검법이었으나, 결코 난피풍검법보다 못하지 않은 검법으로 맞섰다.

일각이 흐르고, 한 식경이 지났다.

살기는 없었으나, 조금만 엇갈려도 상대의 치명적인 요혈을 베어 버리고도 남을 공방이 이어졌다.

그러나 비무 같지가 않았다.

격한 외침과 기합성 한 번 오가지 않고, 그저 또렷한 눈빛과 차분한 호흡으로 공방을 이어갈 뿐이었다.

두 사람의 격돌은 자연 속에 동화된 것처럼 아름답기 그지없는, 한 폭의 그림 같은 검무였다.

쿠르르르—

갑자기 하늘이 울었다.

묵직한 먹구름이 순식간에 하늘을 뒤덮었다.

쏴아아아—

억수 같은 비가 쏟아졌다.

두 사람을 뒤덮었다.

그러나 신기하게도 그들은 젖지 않았다.

두 사람의 공방과 반탄력, 그리고 발산하는 기파가 반원형의 검벽을 만들어 빗방울을 완벽히 차단해 버렸기 때문이었다.

그렇게 세찬 빗줄기 속에서 다시 한 식경 동안 비무를 이어갔다.

타타타탁—

공중에서 크게 밀려나 낙하하고, 돌기둥을 연달아 밟아 다시 중심으로 모인 두 사람의 검이 부딪쳤다.

챙—

검과 검이 강하게 마주치고, 종을 친 듯 맑은 울림이 퍼져 나갔다.

그러나 두 사람은 뒤로 밀려나지도, 물러나지도 않았다.

오히려 서로의 검에 검을 밀어붙이고, 좁은 돌기둥 한 곳에 발 하나씩을 걸친 채 다른 다리는 공중으로 쳐들어 균형을 잡으며, 숨결이 닿을 듯 바짝 서서 말없이 서로를 응시할 뿐이었다.

쏴아아아—

빗발은 한층 약해졌지만, 두 사람의 전신은 순식간에 젖어 버렸다.

빗물은 이마를 타고 눈가를 따라 흘러내렸다.

젖은 몸에선 뜨거운 열기를 발산하며 아지랑이가 피어올랐다.

두 사람은 동시에 빙긋이 웃었다.

그리고 세상이 떠나가라 크게 웃으며 뒤로 뛰어서 각자 돌기둥에 올라섰다.

서로를 향한 두 사람의 눈길에는 묘한 감정이 어렸다.

즐거움 같기도 하고, 반가움 같기도 하고, 호감 같기도 한 그런 따뜻하고 가슴을 뛰게 하는 감정이었다.

항사홍은 물었다.

"검법의 이름은?"

용무쌍은 미안한 표정을 지었다.

"세상에 알려지면 곤란하오. 그래서 밝힐 수가 없소."

밝히길 거부하는데 계속 묻는 건 무림의 법도가 아니었다.

항사홍은 평소 그 법도를 무시하는 사람이 아니었다.

그러나 감명을 받은 만큼 이번엔 꼭 알고 싶었다.

"나만 알고 있을게. 내 목숨을 걸고 함구한 채 무덤까지 가져갈게."

용무쌍은 웃었다.

"칠현무형검(七絃無形劍)."

"아!"

항사홍은 깜짝 놀랐다.

차라리 전혀 모르는 검법이었다면 놀라지도 않았으리라.

"제갈세가는 오래전, 마교에 의해서 명맥이 완전히 끊겼다고 알고 있는데."

칠현무형검은 제갈세가의 가주만이 익힌다는 비전검법이었다.

용무쌍은 씁쓸한 표정으로 고개를 흔들었다.

"끊긴 건 아니오."

"당신 제갈세가의 후인이야?"

"마지막 생존자요. 내가 알기로는."

'그래서 향나무 냄새가 났던 거로구나.'

역시 제갈세가 가주만이 익힐 수가 있다는 현원전단신공(玄元栴檀神功)은 한때 강북십대기공에 꼽히고, 헌원단승의 패천무궁력(覇天無窮力)과 함께 강북 제일을 다투던 심법이었다.

그리고 독특하게도 운용할 때마다 향나무 냄새가 풍기는 특성을 지녔다고 알려져 있다.

"제갈세가의 명맥이 끊어지지 않아서 다행이네."

"무엇이 다행이오?"

"검객의 입장에서 뛰어난 검법이 실전되지 않은 건 기쁜 일이니까."

용무쌍은 실전된 것이나 마찬가지라고 말하려다가 참았다.

그런 이야기를 하면 더욱 복잡해질 테니까.

용무쌍은 항사홍의 뜨거운 시선을 피해 고개를 돌렸다.

"먼저 돌아가시오."

"어딜 가게?"

"사냥을 좀 해야겠소."

"사냥?"

"마지막 날이니, 고기 좀 먹읍시다."

항사홍은 움찔했다.

"왜 마지막이야, 오 일이 되려면 하루 더 남았는데."

"회복이 빨라서 더는 요양하지 않아도 될 것 같소."

항사홍은 하마터면 아직 이르다고, 하루 더 있어야 한다고 소리칠 뻔했다.

그녀는 얼른 고개를 돌리며 끄덕였다.

"잘됐네."

"어떤 고기를 좋아하오?"

"그냥, 아무거나."

"그래도 자주 먹는 고기가 있을 거잖소."

"아무거나 잡아 오라니까."

항사홍은 신경질적으로 대꾸하고는 절벽으로 몸을 날렸다.

하지만 검집을 집어 들어 검을 집어넣고, 마을로 바로 가지 않았다.

그녀는 잠시 머뭇거리다 돌아서며 소리쳤다.

"배고프니까, 빨리 돌아와!"

용무쌍은 웃었다.

"금방 다녀오리다."

그는 반대쪽 절벽으로 몸을 날렸고, 곧 짙푸른 숲 속으로 모습을 감추었다.

* * *

금방 다녀온다던 용무쌍은 정오를 넘기고서도 한참 뒤, 노을이 산자락을 물들일 때가 돼서야 돌아왔다.

찾아 나서야 하나 그냥 기다려야 하나, 안절부절 마을 입구를 서성이며 걱정하던 항사홍은 버럭 소리쳤다.

"뭘 하다가 이제 나타나!"

"배가 많이 고팠나 보구려. 약죽이라도 먹고 있지 그랬소."

"이 자식이!"

농담이란 걸 알면서도, 걱정했던 자신과 달리 태연한 모습으로 나타난 용무쌍에게 화가 났다.

그러나 걱정했다는 말을 할 수는 없었다. 그래서 화가 났다는 내색도 하기 싫었다.

"금방 온다며! 약속은 지킨다며!"

"하하, 미안하오. 이걸 좀 찾느라고 그랬소."

용무쌍은 바로 불에 굽기 좋게 다듬은 고깃덩이를 내밀었다.

털과 가죽, 머리와 내장 등이 제거되어 있었지만, 새끼 멧돼지라는 걸 알 수 있었다.

"멧돼지 하나 잡는 데 그렇게 오래 걸려?"

"아, 이건 금방 잡았고, 시간이 걸린 건 이거요."

그는 방금 딴 것처럼 보이는 호리병박 세 개를 내밀었다.

위쪽을 잘라 주둥이를 만들고, 천으로 입구를 막은 걸 보면, 속의 종자와 중과피를 제거하고서 안에 새로운 뭔가를 채워 넣은 게 분명했다.

"안에 든 게 뭔데?"

"원주(猿酒)."

원주란 원숭이 술을 말하는 것이었다.

항사홍은 깜짝 놀랐다.

"정말? 진짜 원숭이 술이란 게 있는 거야?"

용무쌍은 호리병박 하나를 내밀었다.

항사홍은 주둥이를 막은 천을 뽑았다.

"오~!"

그녀는 눈을 감고서 진하게 올라오는 달콤한 주향을 깊이 들이마시고는 탄성을 터트렸다.

"향이 정말 좋다. 무슨 과일로 담근 거지?"

"한 종류의 과일이 아닌 것 같소."

"나는 말로만 들어보았지, 정말 원숭이가 술을 만들 줄은 몰랐네."

"흔한 경우는 아니오. 심산(深山)의 원숭이가 술을 잘 만든다는 이야기가 전해지지만, 모든 원숭이가 그렇지는 않고, 무엇보다 때가 잘 들어맞아야 하거든. 일단 우연이라도 술을 만들어 맛본 경험을 가진 원숭이가 있어야 하오. 그리고 과일도 풍성해야 하고, 나뭇가지가 갈라진 곳이나 바위가 움푹 팬 곳에 저장해 둔 과실이 제대로 발효되려면 비에 자주 노출되지도 말아야 하오. 수족에게 듣기로 딱 이맘때가 좋고, 발견된 적도 몇 번 있다고 하더이다. 그래서 혹시나 해서 찾아보았는데, 진짜 있었소."

"와, 내가 원주를 마셔 보게 될 줄이야!"

항사홍의 얼굴에선 용무쌍에게 화가 났던 감정은 온데간데없고, 기대와 즐거움만 가득했다.

"얼른 마셔 보자."

"고기부터 굽고 마십시다. 향이 좋고 맛이 달콤하다 해서 만만히 볼 술이 아니오. 아까 조금 맛을 보았는데, 금세 취기가 확 올라오더이다. 배를 채우며 먹지 않으면 한순간에 훅 가버릴 거요. 조금만 기다리시오, 금방 준비해서 구울 테니까."

"그럼, 조금 맛만 볼게."

"진짜 조금만 맛을 봐야 하오."

항사홍은 호리병박을 들고 입으로 살짝 기울였다.

"카하~ 좋다! 이거 정말 맛있네!"

다시 입으로 기울이려는 걸 용무쌍이 얼른 호리병박을 빼앗아 주둥이를 막았다.

"그러다 확 간다니까."

"확 가지 뭐."

"남자 앞에서 그런 말을 하면 오해를 살 수 있소."

항사홍은 피식 웃으며 물었다.

"땔감 구해 올까?"

"미리 쌓아 둔 게 있소."

바짝 마른 나무를 구하기 어려운 환경이라, 약죽을 만들 때 음양비환 천광의 기운으로 생나무를 바짝 말려 다량의 땔감을 준비해 두었던 것이다.

용무쌍은 항사홍이 자는 움막 앞에 돌로 원을 만들고, 땔감을 가져와 연기가 위로 잘 빠져나가게 쌓은 후 불을 붙였다.

그리고 고기를 세 조각으로 잘라 나무에 꿰고, 불 위에 올려 굽기 시작했다.

화르르—

마주 앉은 두 사람 사이에 붉은 불길이 일렁였다.

용무쌍은 불길에 닿을 듯 말 듯 구워지는 세 조각의 고기를 반대쪽으로 돌렸다.

앉은 채로 세운 무릎에 턱을 괴고서 가만히 고기를 바라보던 항사홍은 용무쌍을 힐끔 쳐다봤다.

"청성에서도 밝히지 않았던데, 이름이 뭐야?"

"그런 거 없소."

본래의 모습으로 있는데 용무쌍이란 이름을 쓸 수는 없었으니까.

"그런 게 왜 없어. 지나가는 똥개도 이름이 있잖아."

똥개보다 못했던 삶을 살았던 거 같다고 말하려다가 말았다.

자신이 너무나 작아지고, 못나지는 것 같았고, 항사홍에게 그런 식으로 보여 동정을 얻고 싶지가 않았기 때문이다.

"뭔가 사연이 있을 테니, 더 묻지는 않을게. 대신에 내가 지어 주는 건 어떨까?"

"······."

"진짜 없으면 지어 줄게. 이름이 뭐 어렵나. 그냥 지으면 되는 거지."

"아들 이름이 뭐요?"

"곽정."

"흠, 작명에 소질이 없는 거 같은데."

"왜, 바르게 살라고 해서, 바를 정(正). 지금까지는 이름대로 바르게 잘살고 있어. 다만, 마음이 조금 약해서 탈이지만, 그것도 다 나름의 장점이 있다고."

"뭐라 지어줄 거요?"

"음, 진의."

"진의?"

"참 진(眞), 옳을 의(義)."

"······."

"제갈가의 진짜 옳음이 돼라. 그래서 제갈진의, 좋잖

아."

"역시 소질이 없는 거 같소."

"왜?"

"나와는 어울리지 않소."

"처음부터 어울리는 이름이 어디 있어? 앞으로 이름대로 살아가길 바라며 소망을 담아서 짓는 거지."

"아들 이름도 그렇고, 옳은 것에 대한 집착이 너무 강한 것 같소."

"집착이든 아집이든, 옳게 살 수 있으면 되는 거잖아."

"옳게 사는 게 뭐요?"

"복잡하게 생각할 게 있나. 그냥 죄책감이 덜 들고, 웃을 일이 많고, 해놓고 뿌듯해지는 거, 그런 거지."

"세상의 관점으로 그르게 사는 사람도 비슷한 감정을 느끼오."

"내 말이 무슨 뜻인지 알잖아. 대충 이해해서 들어."

"그렇게 사는 게 좋소?"

"나는 그래. 어릴 때부터 그렇게 배웠기 때문이겠지만, 나쁜 짓 하는 것보다 좋은 짓 하는 게, 그게 더 마음이 편해."

용무쌍은 고기를 다시 뒤집으며 말했다.

"나는 그렇게 살기에는 너무 늦은 거 같소."

"세상에 늦는 게 어디 있어. 시작은 과거부터 했기 때문이 아니라, 지금부터 했기 때문에 시작인 거야. 옛사람이 그랬다고 하잖아. 오늘 뜻을 이루면 내일 죽어도 여한이 없다고. 지금까지 그래 오지 못했다면, 내일부터 그렇게 살면 되고, 내일 못하면 그다음부터 하면 되는 거지."

"당신은 그리 살았소?"

"글쎄. 후회 없이 살려고 노력하긴 했지만, 이번 내 아들 일을 보아도 내 삶과 선택 모두가 썩 만족스러웠던 건 아닌 것 같아. 하지만 이게 기회일 거라고 믿어. 돌아가면 녀석을 다독이고, 새로 시작할 수 있게 응원해 줘야지."

"나에 대한 원망은 없어진 거요?"

"조금은 남았어. 하지만…… 전적으로 너를 탓할 수 없다는 걸 깨달았지. 널 죽이려고 했던 건, 미안해. 내가 좀 감정적이고, 즉흥적이야. 한번 작심을 하면 다른 건 잘 안 보거든. 단점이자, 장점이라고 생각해. 어쨌든, 넌 이제부터 제갈진의인 거다. 딱히 다른 이름을 원하지 않는다면, 난 그렇게 부를 거야."

용무쌍은 좋다 싫다 대꾸하지 않았다.

대신 다른 걸 물었다.

"몇 살이오?"

"여자한테 나이 묻는 건 예의가 아니지."

"나이 말해 주는 걸로 당신이 나에 대해 느끼는 미안함을 털어 내는 걸로 합시다."

"흠, 서른다섯."

"혼인을 일찍 했군."

"열일곱이었어. 정이도 그때 낳았지."

"마음이 급했던 모양이오?"

"그때는 그 사람만 보였거든. 지금도 일찍 한 거 후회는 없어. 다만, 어떻게 시작했든 간에 아닌 건 아니니까, 헤어진 거야."

"헤어졌소?"

"아, 몰랐어? 나에 대해 조금은 아는 줄 알았는데?"

"알고는 있지만, 그런 부분까지는 몰랐소."

"몇 년 됐어. 이유는 묻지 말고."

용무쌍은 고개를 끄덕였다.

"그러는 넌 몇 살인데?"

"당신과 비슷하오."

자신의 존재성을 깨달았을 때부터의 나이로 치면 항사홍보다 아래였지만, 언제인지 모를 태생 때부터 짐작하여 따져 보면 그녀와 별 차이가 없을 것이었다.

"그럼, 말 놔."

"그러지."

하지만 말을 놓기로 하고부터 두 사람은 말이 없었다.

대화가 다시 시작된 건, 고기가 다 구워지고 나서였다.

용무쌍이 잘라준 고기를 받아든 항사홍은 잔뜩 기대하는 얼굴로 물었다.

"이제 마셔도 되는 거지?"

용무쌍은 웃으며 호리병박 하나를 건네고, 자신도 하나를 들었다.

항사홍은 그와의 사이, 모닥불 위로 호리병박을 내밀었다.

"건배."

"뭘 위해서?"

"나의 건강 회복, 그리고 진의 너의 새로운 이름과 새로운 삶을 축하하자."

그녀의 회복에 대해서는 가능하지만, 새로운 이름과 새로운 삶에 대해서 축하할 수는 없었다.

그는 용무쌍에게 용무쌍이 되겠다고 약속했고, 그 외의 삶은 없을 거라고 생각하니까.

그러나 항사홍의 눈동자를 마주하자 거부의 말이 나오질 않았다.

'오늘 밤만 제갈진의인 척하자.'

하루쯤은 괜찮을 것 같았다.

용무쌍은 고개를 끄덕이며 호리병박을 그녀의 호리병박에 가볍게 부딪쳤다.

"건배."

두 사람은 한 모금을 크게 들이켰고, 환하게 웃었다.

그리고 먹고 마시고 웃고 이야기하며 밤을 보냈다.

*   *   *

용무쌍은 불씨가 남아 있는 화롯불 잔재에 물과 흙을 뿌리고 발로 꾹꾹 밟았다.

불씨는 꺼졌지만, 불을 피웠던 흔적은 사라지지 않았다.

새벽 늦게까지 항사홍과 나누었던 즐거운 시간들이 머릿속에서 지워지지 않는 것처럼.

부스럭

가림막이 열리고, 항사홍이 검을 챙겨 밖으로 나왔다.

용무쌍을 시야에 담은 그녀의 입가에 미소가 어렸다.

"진의, 뭐가 그리 급하다고 벌써 나와서 기다리고 있어?"

바로 어제 지은 이름으로 불린다는 건 기분이 묘했다.

싫은 건 아니었다.

용무쌍처럼 익숙하진 않지만, 어떤 면에서는 조금 더 진짜 이름 같은 느낌이었다.
"떠날 때는 미련을 두지 말고 가야 하니까."
"섭섭한 소리네."
항사홍의 얼굴에는 진심으로 슬픈 감정이 어렸다.
하지만 곧 밝게 웃었다.
"떠나겠다는 사람의 발목을 잡는 것은 못난 짓이지. 그리고 우리 또 볼 수 있을 거잖아. 그렇지?"
용무쌍은 고개를 흔들어야 했다.
그럴 수 없다고, 이게 마지막이라고 말을 해야 했다.
그런 솔직함과 단호함이 그다운 대답일 테니까.
하지만 그는 그답지 않은 대답을 했다.
"그래, 또 볼 수 있어."
항사홍은 언제, 라고 되묻지 않았다.
그러고 싶었지만, 그래서는 안 될 것 같았다.
"어느 쪽으로 가?"
용무쌍은 남서쪽을 가리켰다.
"운남?"
고개를 끄덕였다.
"난 북쪽."
"알아."
"갈게."

"응."

"너도 가."

"네가 가면."

항사홍은 용무쌍을 잠시 바라보다 돌아섰다. 그리고 마을과 숲의 경계쯤까지 걸어가다가 돌아섰다.

"내가 어디 있는 줄 알지?"

고개를 끄덕였다.

"꼭 다시 보자!"

역시 고개를 끄덕였다.

항사홍은 이가 드러나도록 환하게 웃었다.

하지만 웃음소리는 들리지 않았다.

그래서 슬퍼 보였다.

그래서 떠날 수 없는 것 같았다.

용무쌍은 손을 흔들었다.

항사홍도 흔들었다.

그녀는 천 근 바위라도 짊어진 듯 느릿하게 돌아서서 숲 속으로 모습을 감추었다.

"……."

용무쌍은 한참을 그 자리에 서 있었다.

그녀의 기척이 느껴지지 않을 때까지.

그의 오감에서 그녀의 존재감이 사라질 때까지.

'잘한 거다.'

그러나 가슴이 공허했다.

저도 모르게 깊은 한숨을 내쉬었다.

항사홍을 떠올렸다.

텅 빈 마음이 조금 다시 채워지는 기분이었다.

'어쩌면……'

정말로 어쩌면 그녀를 다시 볼 수 있을지도 모른다고 생각했다.

조금만 더 노력하면 가능할 것 같았다.

'꿈을 꾸는 건 나쁘지 않잖아.'

아니, 이대로 과거의 꿈을 잊고 새로운 꿈을 꾸며, 그 꿈을 생생한 현실로 만들기 위해 노력하면 되지 않을까, 하고 생각했다.

'무영도 아니고, 용무쌍도 아니고, 제갈진의로 살면……'

생각만으로도 가슴이 떨렸다.

저 밑에서부터 충족감이 올라오고, 들뜬 감정으로 심장이 기분 좋게 두근거렸다.

그는 잠시 망설이다가 남서쪽이 아닌, 북쪽으로 한 걸음을 내디뎠다.

"……?"

용무쌍은 더 나아가지 않고 뒤를 돌아봤다.

누군가 이쪽으로 다가오는 기척을 감지했기 때문이다.

느낌이 낯설지 않았다.

조금 기다리자 한 사람이 숲의 경계를 빠져나와 모습을 드러냈다.

수족들과 함께 귀주의 남쪽으로 떠났던 당이종이었다.

"역시 은인이시군요."

당이종은 반갑게 인사를 건네고, 공손하게 포권을 취했다.

"멸마천녀님은 어디 계십니까?"

"떠났다."

"아쉽네요. 감사 인사라도 드릴 수 있었으면 했는데."

"두고 간 물건이라도 있는 거냐?"

"아닙니다. 지나는 길이었습니다."

"지나는 길?"

"사천으로 가려고 합니다."

용무쌍의 얼굴이 굳어졌다.

"왜지? 수족들과 함께 귀주에서 살겠다고 하지 않았느냐."

"그땐 그랬었는데……."

당이종은 민망한 듯 머리를 벅벅 긁다가 그를 똑바로 쳐다보았다.

그리고 크게 작심하고 각오 어린 표정을 지었다.

"무림으로 다시 돌아가려고 합니다. 가서 나를 시험해 보고 싶습니다. 내가 얼마나 강한지, 내가 얼마만큼의 명성을 쌓을 수 있을지 알고 싶습니다."

"무림에선 시험이란 게 없다. 강하면 살고, 약하면 죽는 것뿐."

"그래도 가고 싶습니다."

"당문에서 널 찾아갈 거다."

"그럼 싸워야죠."

그에게서 두려움은 보이지 않았다.

오히려 자신감이 넘치는 표정이었다.

용무쌍은 그 자신감의 이유를 짐작할 수 있었다.

'지난번 싸움으로 확신을 얻었군.'

당이종은 당문의 비전을 익혔으나, 확신은 없었다.

비교할 대상이 없으니, 그저 익혔구나, 강할 수도 있겠지, 정도의 기대 어린 추측과 상상만 가능했다.

그러나 당문십이걸을 홀로 상대해 우위를 점한 순간, 자신이 얼마나 강한지 알게 되었다.

그 이후로, 무림을 경험해 보고 싶다는 생각을 떨쳐낼 수가 없었다.

귀주가 좁게 느껴지고, 수족들과의 생활이 너무 답답하기만 했다.

 그래서 다시 북쪽으로 올라온 것이다.

 "고민이 없었던 건 아닙니다. 내려가며 많은 생각을 했습니다. 그런데 문득 제가 무림을 떠나기나 했었는지 의심이 들더군요."

 "……?"

 "귀주로 숨었지만, 매일 밤 제가 보았던 기억 속의 사천을 떠올렸습니다. 어떤 때는 조용할 날이 없다는 강북과 크고 작은 다양한 문파와 무림인들이 난립한다는 강남을 꿈꾸기도 했습니다. 그곳들을 단 한 번도 본 적이 없었는데 말입니다."

 "……."

 "웃기는 소리란 건 알지만, 정말 그랬습니다. 몸은 귀주에 있었지만, 마음은 늘 무림에 있었던 겁니다. 만약 문주가 찾아오지 않았더라도, 시기의 문제였을 뿐, 언젠가 저는 무림으로 떠났을 겁니다. 그리고 죽을 때까지 이곳으로 돌아오지 않았겠지요. 핑계처럼 들릴 수도 있겠지만, 지금은 그랬을 거란 생각밖에 들지 않습니다."

 "……."

 "이런 제가 은인의 눈에는 바보처럼 보이시죠?"

용무쌍은 고개를 내저었다.

"바보라 생각하지 않는다. 그리고 네가 그렇게 생각한다면 다른 이의 생각과 시선은 중요하지 않다."

당이종은 마치 칭찬을 들은 것처럼 웃었다.

그러나 용무쌍은 웃을 수 없었다.

'나도 이 녀석과 다를 게 없다.'

그는 깨달았다.

아니, 새삼 깨달았다.

'살아 있는 이상 무림을 떠날 수 없다.'

죽지 않는 이상 복수를 포기할 수 없다.

강북을, 강남을 떠난다고 해서 자유로울 수는 없다.

몸은 떠나 있으나, 마음은 복수에 얽매여, 매일 밤 악몽으로 나타날 테니까.

"은인께서도 사천으로 가십니까?"

용무쌍은 눈을 감았다.

항사홍의 모습이, 그녀의 웃는 얼굴이 떠올랐다.

'안녕.'

눈을 떴다.

잔잔한 호수의 수면처럼, 소름 끼치도록 고요하고 건조한 눈동자가 차갑게 빛났다.

"난 동쪽으로 간다."

"그래도 언젠가 다시 뵐 수 있겠지요?"

"볼 수 없다. 너의 길과 나의 길은 다르다."

"그래도 사람의 앞날은 모르는 것이니, 우연이라도……."

"기대하지 마라."

당이종은 아쉽고 실망스러운 표정을 지으며 머리를 숙였다.

"그럼, 강녕하십시오."

용무쌍은 말없이 고개를 끄덕이다가 당이종이 숲으로 들어서는 경계쯤에 이르렀을 때 불러 세웠다.

"마지막이니, 네게 도움이 될 충고를 해 주겠다."

"듣고 있습니다."

"이름을 바꿔라. 부상을 완벽히 회복하기 전까지는 분란을 일으키지 말고, 어떤 일에도 방관해라. 감정을 앞세우지 말고, 늘 냉정해라. 그리고……."

손가락으로 당이종이 띠처럼 허리에 두른 금룡백설을 가리켰다.

"금룡백설임을 못 알아보게 너만의 흔적을 만들고, 따로 사용할 채찍을 준비하여 정말 위급하지 않으면 금룡백설을 사용하지 말아라."

용무쌍은 말을 멈추고, 이제 가보라며 손을 내저었다.

사실 당부할 말은 더 있었지만, 하지 않았다.

'될 놈은 몇 마디 말로도 충분하니까.'

반대로 가능성이 없는 자는 아무리 많은 조언을 해주어도 소용이 없었다.

"은인의 말씀을 금과 옥처럼 귀중히 여기며 살겠습니다."

당이종은 포권을 하며 머리를 깊이 숙이고, 숲 속으로 사라졌다.

용무쌍은 그가 떠난 북쪽을 바라보았다.

그리고 그 너머를 상상했다.

하지만 곧 동쪽으로 시선을 돌렸다.

'오지에 들어가 무공을 단련하는 건 이제 의미가 없다.'

폐관수련을 이유로 삼았으나, 핑계에 불과하고, 사실은 도피한 것이었다.

복수에 대한 회의감, 사람에 대한 실망감, 그리고 심적으로 점점 나약해져 가는 것에 대한 두려움.

그래서 사람이 없는 곳을 찾아다녔다.

'받아들이자. 그러한 감정들을 느끼는 게 사람이고, 나 역시 사람이니, 응당 감당해야만 한다.'

그러니 귀주에 있을 필요도, 운남으로 갈 필요도 없었다.

마음만 먹으면, 그는 어디서든 무공을 단련할 수 있으니까.

 마음을 정한 용무쌍은 망설임 없이 동쪽으로 걸음을 옮겨, 버려진 수족의 마을을 뒤로하고 숲 속으로 사라졌다.

　　　　　＊　　　＊　　　＊

 절강성 서남쪽 개화(開化)는 강서, 복건, 안휘, 절강이 인접한 지역이다.

 그러나 중심에서 멀리 떨어졌고, 이렇다 하게 주목받을 만한 게 없어서, 관도가 뚫려 있는 곳을 제외하고는 관이 전혀 신경을 쓰지 않았다.

 개화뿐만이 아니라, 그 인근 지역 또한 도적과 강도, 마적대, 그리고 동쪽에서 물길을 따라 들어온 왜적들까지 자유롭게 노닐고 있었다.

 치안이 불안하고, 범죄가 만연하며, 민심은 흉흉하니, 한마디로 치외법권인 것이다.

 심지어 이곳에서 활동하는 자들은 녹림의 영향력에서도 벗어나 있었다.

 여러 이유가 있지만, 가장 큰 이유는 녹림조차 이곳에 관심이 없기 때문이었다.

 그러나 최근 일 년여 간, 범죄율은 가라앉고, 안녕과 질서가 자리 잡혀서 평화롭기까지 했다.

이는 안휘에서 내려온 철혈질풍대의 공이었다.

＊　　＊　　＊

"총대주님, 이번에 다른 삼대와 합류하고 돌아가면 한동안 출정은 없는 겁니까?"

곽우가 총대주가 되고, 부대주에서 대주로 승격한 담령이 물었다.

곽우는 이마를 타고 흘러내리는 땀을 닦아 내며 고개를 끄덕였다.

"근래 마적대와 왜적들이 보이지 않고 있으니, 특별한 일이 없는 이상에 다시 돌아올 이유가 없지."

"그런데 조금 이상하다는 생각도 듭니다."

"무엇이?"

"너무 갑자기 조용해진 것 같습니다. 우리가 일 년이 다 되도록 단호하게 몰아쳐 토벌하긴 했지만, 이렇게 갑자기 싹 사라질 수가 있는 걸까요?"

"나도 이상하다는 생각은 드네. 어쩌면 몸을 숨기고, 우리가 돌아갈 때를 기다리는 걸지도 몰라. 하지만 어쩌겠는가. 우리가 주둔군처럼 내내 자리 잡고 그들을 찾아다닐 수도 없는 것을."

 용무쌍의 허락하에 진행된 토벌이지만, 그들의 역할은 엄연히 용가장의 수호이고, 그러하기에 장기간 안휘를 비워 두고 있을 수는 없었다.

 "훈련의 일환이라고는 하지만, 대원들의 고생이 많았으니, 이번에 돌아가면 보름 정도 훈련 없이 휴식을 취하도록 하세."

 담령은 곽우의 의지를 대원들에게 전달시켰다.

 지금이야 해가 많이 저물어 한결 기세가 꺾였지만, 그래도 푹푹 찌는 더위에 진이 빠져 있던 대원들의 표정이 밝아졌다.

 "마을이 보입니다."

 "곧 어두워질 것이니, 저곳에서 묵고 가세."

  *   *   *

 와!

 함성.

 그리고 박수.

 철혈질풍대 천대의 기마 일백 기가 마을에 들어서자, 기다렸다는 듯이 남녀노소 할 것 없이 모든 사람들이 우르르 뛰어나와 환호를 내지르며 그들을 맞이했다.

현령도 아닌 촌장이 마을을 이끄는, 인구가 이백 명도 되지 않는 작은 촌락이었다.

그러나 인근에서 이만한 규모도 흔하지 않고, 최근 일 년간의 평화 덕분에 이만큼의 규모라도 유지하는 것이었다.

"무사님들, 어서 오십시오. 환영합니다."

백발의 늙은 촌장이 깊이 인사를 하고, 그의 좌우로 여인네들이 나서서 대원들에게 물그릇을 공손히 내밀었다.

그러나 대원들 중에 그릇 쪽으로 손을 내미는 이는 한 명도 없었다.

찌는 듯한 날씨에 철갑까지 둘러 땀을 비 오듯이 흘리고 있었는데도 말이다.

예상치 못한 반응에 의아해하고, 당황한 촌장과 여인들에게 곽우가 직접 설명해 주었다.

"성의는 고맙지만, 우리가 가져온 물만 먹습니다."

이는 마을 사람들을 믿지 못해서가 아니라, 물을 함부로 마셨다가 낭패를 당한 경험 때문에, 전장에 있던 시절부터 몸에 밴 습관이었다.

촌장은 조심스레 물었다.

"준비한 음식이 있는데, 음식은 드십니까?"

"조리된 음식이라면 먹습니다."

"술은 드십니까?"

곽우는 웃었다.

"당연히 마시지요."

"아, 다행이군요. 안쪽으로 모시겠습니다."

대원들은 마을 입구, 풀이 무성한 곳에 말을 풀어 두었다.

그리고 마을 중심에 넓게 설치된 천막 아래에 자리를 잡았다.

그러나 끝까지 갑옷을 벗지 않았고, 칼을 손에서 놓지 않았다.

곧 상이 펼쳐지고, 사람들이 모두 달라붙어서 음식과 술을 날라 왔다.

산해진미와는 거리가 멀었고, 종류도 많지 않았지만, 고기와 과일까지 보이는 제법 풍성한 상차림이었다.

곽우는 촌장에게 다가가 조용히 말했다.

"감사히 잘 먹고 마시겠습니다. 그러나 이번만입니다. 다음부터는 절대 준비하지 마십시오."

철혈질풍대가 활약을 하면서 이런 식으로 대접을 하려는 마을이 한두 군데가 아니었다.

그러나 처음에만 받아들일 뿐, 이후로는 접대를 받지 않았다.

피해가 없어지며 아무리 이전보다는 형편이 좋아졌어도 사정이 크게 변할 리 없었고, 부담을 주는 것도 받는 것도 원치 않았기 때문이다.

"소문은 들어 알고 있으나, 한 번이라도 무사님들께 감사를 표하고 싶었습니다. 다음부터는 이런 일이 없도록 하겠습니다."

"그럼 되었습니다."

"저 무사님, 제 며느리에게 특별히 무사님의 시중을 들게 하려는데……."

촌장이 눈짓으로 가리키는 곳에는 이런 촌락에서 보기 힘든, 미색이 제법 뛰어난 여인이 부끄러운 듯 얼굴을 살짝 돌린 채 웃고 있었다.

그러나 곽우의 표정은 오히려 굳어졌다.

"안 들은 걸로 하겠소."

곽우는 단호히 거절하고 자리로 돌아갔다.

촌장과 며느리는 난감한 표정으로 잠시 망설이다가 포기하고 물러났다.

촌장과 곽우의 분위기가 경직된 것과는 상관없이, 대원들은 술과 음식으로 배를 채우며 잠시나마 노고를 잊을 수가 있었다.

*   *   *

 해가 완전히 저물어 어둠이 사위를 덮었다.

 천대가 하룻밤을 머물기로 한 마을도 마찬가지였다.

 천대는 전술적인 이유로, 마을은 경제적인 이유로 횃불 하나 켜두지 않아서 온통 캄캄했다.

 하늘에 구름이 짙게 깔려 더욱 어두웠다.

 수군수군―

 작은 속삭임이 어둠을 타고 흘렀다.

 이어서 조심스러운 발자국 소리와 함께 두 명이 천막 주위로 접근했다.

 흘러가는 구름에 잠시 가려졌던 초승달이 살짝 빠져나와 빛을 뿌린 순간, 두 사람의 얼굴이 드러났다.

 촌장과 며느리였다.

 두 사람은 잔뜩 긴장한 얼굴이었다. 그러나 절대 포기하지 않겠다는 각오도 엿보였다.

 그들은 천막을 맴돌며 죽은 듯 잠들어 있는 대원들의 상태를 일일이 확인하고 다시 빠져나왔다.

 며느리가 손가락을 동그랗게 만들어 입을 가리고, 마을 밖을 향해서 부엉이 소리를 냈다.

 그러자 얼마 있지 않아서 늑대 울음이 들려왔다.

며느리는 다시 부엉이 소리를 내고 화답하듯 늑대 소리가 들리기를 몇 번.

잠시 뒤, 저 멀리서 검은 그림자가 몰려왔다.

사람이었다. 일부는 말을 타고 있기도 했다. 숫자가 일천을 훌쩍 넘어 시야를 새카맣게 물들였다.

입구에 다다른 그림자의 일부는 천대의 말들을 챙겨 뒤로 빼고, 나머지는 그대로 진입하여 천막 쪽으로 움직였다.

긴장하여 딱딱하게 굳어져 있던 촌장과 며느리의 얼굴에 미소가 지어졌다.

하지만 뒤에서 들려오는 음성에 다시 굳어졌다.

"촌장, 이게 무슨 소리요?"

두 사람은 덜덜 떨면서 뒤를 돌아봤다.

곽우가 일어나 있었다.

하지만 천막 기둥을 잡고 있어야 할 정도로 몸을 제대로 가누지 못했다.

곽우의 무공 경지와 체력을 생각하면, 단순히 취기 때문이라고 설명하기 힘든 모습이었다.

두 사람은 안도했다.

촌장이 비웃음을 지으며 말했다.

"크크크, 내 아들의 복수를 해 주실 분들이 오는 소리다. 네놈들은 오늘 내 눈앞에서 모두 죽게 될 거야."

곽우는 함정에 빠졌음을 깨달았다.

다리에 힘이 풀리고 몸을 가누기 어려운 것도, 이런 소란 중에도 수하들이 일어나지 않고 있는 것도 미혼산과 같은 정신을 혼미하게 하는 약을 먹었기 때문임이 분명했다.

'술과 음식에 약을 탔구나.'

화가 났다.

그러나 남을 탓할 일이 아니었다. 방심한 결과이니, 자신의 잘못이고 변명의 여지가 없었다.

'그러나……'

이런 경우를 대비하지 않은 건 아니었다.

그는 허리띠 안에서 꺼낸 단약을 삼켰다.

머리가 맑아지는 게 느껴졌다.

공력을 한껏 끌어올려 소리쳤다.

"일어나라—!"

천둥이 치고, 벼락이 내리꽂히는 듯 쩌렁한 일갈에 대원들이 눈을 떴다.

칼을 들고 벌떡 일어났다.

단순히 커다란 외침에 놀라 일어난 게 아니다. 명령에 자동적으로 반응하는 게 습관이 되었고, 본능이 되었기 때문이었다.

하지만 일어나긴 했으나, 곧 비틀거리며 몸을 바로잡지

못했다.

"반미혼단(反迷魂丹)을 복용하라!"

대원들은 즉시 허리띠에서 단약을 꺼내 삼켰다.

그리고 머리를 좌우로 흔들고, 펄쩍펄쩍 뛰며 약 기운이 빠르게 활성화되도록 애를 썼다.

스릉 스릉—

곽우를 시작으로 모두 칼을 빼 들었다.

그 모양새를 본 촌장과 며느리는 마음이 급해졌다.

그들은 마을로 들어온 이들에게 달려가 다그쳤다.

"놈들이 깨어나고 있소!"

"정신을 차리려고 하니, 서두르세요!"

말을 탄 이들 중 선두에 있던 자가 소리쳤다.

"중앙을 포위하여 한 놈도 빠져나가지 못하게 하라!"

말을 탄 무리는 정면으로 나머지는 좌우로 흩어지며 마을 전체를 빠르게 가로질러 천막 주위를 둘러쌌다.

완벽하진 않지만, 몸을 가눌 수 있게 된 철혈질풍대 대원들은 방어 진형을 갖추었다.

"웬 놈들이냐!"

곽우는 어둑함 속에 몸을 가린 채 주위에 가득한 적들을 향해서 버럭 소리쳤다.

그러나 대답을 듣고자 물은 건 아니었다.

어떤 자들인지는 이미 짐작하고 있었다.

'갑자기 모습을 감춘 마적들과 도적들이겠지.'

그럼에도 물은 것은 시간을 끌기 위함이었다.

'약 기운을 조금이라도 더 떨쳐 내야 하니…….'

하지만 적의 우두머리는 그러한 속내를 짐작한 듯 바로 명령을 내렸다.

"쳐라! 한 놈도 남기지 말고 모두 죽여라!"

말을 탄 무리 속에서 명령이 떨어지고, 천여 명이 일제히 함성을 내지르며 천막을 향해 밀고 들어갔다.

곽우는 반대쪽에 있던 담령과 시선을 교환하더니, 도적들이 천막 안으로 진입한 순간 동시에 천막 기둥을 칼로 내리쳤다.

서걱 서걱—

기둥이 매끈하게 잘리며 천막이 한꺼번에 내려앉았다.

"으악!"

"악!"

앞장서 달려들었던 자들의 비명이 터져 나왔다.

곧 천막 중심이 뚫리며 대원들이 밖으로 뛰어나와 천막에 깔린 자들을 칼로 찌르고 발로 짓밟았다.

"뭣들 하느냐! 달려가 밟아 버려라!"

우두머리의 외침에 이백여 마리의 말이 우르르 앞으로

뛰어나갔다.

 일 년 전까지만 해도 지금보다 두 배의 규모로 인근에서 제왕처럼 군림했던, 지옥수라대(地獄修羅隊)라는 이름의 마적대였다.

 "사대(四隊) 산개(散開)!"

 곽우의 명령에 천대는 네 무리로 나뉘어 사각으로 흩어지고, 둘러싼 적들 무리 속으로 과감히 뛰어들어 공격했다.

 마적대 무리는 중앙이 텅 비고, 적아가 뒤섞이자 목표를 잃고 아무런 성과도 내지 못한 채 허망하게 지나쳐야만 했다.

 "집결!"

 곽우의 외침에 흩어졌던 대원들은 다시 모여들고, 지나쳐 간 마적대 무리를 뒤쫓았다.

 마적대의 움직임은 빠르지 못했다.

 사방에 집이 있고, 사이사이의 공간이 넓지 않아서 충분히 속도를 낼 수가 없었기 때문이다.

 그래서 철갑을 입었음에도 철혈질풍대는 순식간에 따라붙었다.

 그중 절반은 뒤로 쫓아와 방해하려는 적들을 막았고, 나머지 반은 마적대 무리를 노렸다.

 스악—

"악!"

"컥!"

대원들의 칼에 베인 마적들이 연이어 낙마해 바닥을 굴렀다.

그들도 당하고만 있던 건 아니었다. 말을 멈춰 세우지는 못하고, 허리를 뒤틀어 창을 내리치고, 찌르며 저항했다.

하지만 투구에 철갑을 착용한 대원들에게는 통하질 않았다.

투구와 철갑 사이, 철갑과 철갑 사이를 정확히 노리고 찔러야 하지만, 그만큼 능란한 창술을 지닌 자가 많지 않았다.

일부 솜씨가 뛰어난 마적이 그 정도로 정교한 공격을 해 올 때는 대원들이 민활하게 위치를 바꾸어 피해 버렸다.

대원들은 마적들을 연이어 떨어트리고, 고삐를 잡아채 달리는 그대로 말에 올라탔다.

마적들은 감히 엄두도 내지 못할, 오랜 훈련과 단련을 통해 습득한 뛰어난 기마술이었다.

오십 명이 말을 차지해 올라타자마자 급히 고삐를 당겨 멈춰 세우며 방향을 돌렸고, 후방을 막아서던 대원들은 좌우로 흩어졌다.

"……!"

뒤쫓아 오던 도적들은 돌처럼 굳어졌다.

오십여 명의 철혈질풍대가 마적대와는 비교도 되지 않을 거센 투지를 불태우며 그들을 향해서 말을 몰아왔기 때문이다.

"피, 피해!"

천 명도 넘는 도적들이 기세에 억눌려 막을 생각도 못 하고 급히 좌우로 몸을 날렸다.

그러나 반응이 느린 자들도 적지 않았다.

"아악!"

"커컥!"

도적들이 연이어 말발굽에 짓밟히고, 걷어차였다.

좌우로 피한 도적들 중에도, 대원들이 휘두른 칼에 베어져 죽는 이가 속출했다.

"진격!"

말에 오르지 않은 곽우가 오십 명의 대원들을 이끌고 말 무리를 뒤따라서 도적들 무리에 뛰어들었다.

스악 스악 서걱 서걱—

매서운 칼 놀림에 수십 명이 피를 쏟으며 바닥을 굴렀다.

그들의 기세 또한 기마 못지않았고, 파죽지세로 무리를 꿰뚫어 버렸다.

"길을 열어라!"

"비켜!"

두두두두두!

이제야 방향을 돌려 다시 돌아온 백오십여 명의 마적대가 도적들에게 소리치며 달려왔다.

미처 피하지 못한 자들도 있었지만, 마적대는 개의치 않았다. 그대로 짓밟아 나가며 곽우와 무리를 덮쳤다.

하지만 곽우는 무턱대고 막아설 생각이 없었다.

"사대 산개!"

오십 명의 대원들은 네 무리로 나뉘어 좌우로 흩어졌다.

이때를 노리고 삼삼오오 덤벼드는 도적들도 있었으나, 대원들은 서로 등을 지고 견고한 성벽을 만들어 방어하고, 반격까지 가했다.

마적대는 또다시 표적을 잃고 그대로 지나친 것에 아쉬워하면서도 말을 탄 대원들을 쫓았다.

대원들은 속도를 늦추지 않고 집들을 요리조리 피하며 달려갔다.

마적대는 그 정교한 기술을 따라가지 못해 지붕에 부딪혀 튕겨 나가거나, 방향을 틀다가 균형을 잃고 뒤틀리는 말 머리를 따라 나자빠졌다.

마을을 빠져나가며 마적 수십 명이 낙마하고, 백여 명만이 무사히 빠져나올 수 있었다.

담령이 이끄는 철혈질풍대 오십 명은 단 한 명의 낙오도 없이 마을을 빠져나와 원을 그리듯 마을을 돌았다.

마적대도 그 뒤를 따라 마을을 돌았다.

마치 속도 경쟁을 하듯이 달리고 쫓기를 서너 바퀴 돌았을 때, 마적대는 깜짝 놀랐다.

'꼬리가 잡혔잖아?'

'어떻게 된 거야, 분명히 우리가 쫓고 있었는데?'

고작 서너 바퀴를 도는 사이에 담령을 선두로 한 철혈질풍대가 마적대의 바로 뒤를 바짝 쫓고, 마적대가 역으로 쫓기는 형세로 뒤바뀐 것이다.

이는 철혈질풍대가 말을 몰아가는 속도가 훨씬 빨랐고, 마을을 돌 때 그려가는 원의 크기가 현격한 차이로 작았기 때문이었다.

'빌어먹을!'

'좆 됐다!'

'벗어나야 한다!'

'떨쳐 내야 해!'

마적대는 그리던 원에서 빠져나와 바깥쪽으로 틀어 달렸다.

하지만 이는 훨씬 수월하게 공격할 비리를 제공한 꼴이 되었다.

그들이 원형에서 넓은 대지로 빠져나온 순간, 철혈질풍대도 원에서 나와 길게 늘어진 마적대의 중앙을 그대로 꿰뚫어 버렸다.

히히힝!

"악!"

"컥!"

대열의 중앙에 자리 잡은 마적 십여 명이 일시에 베이고, 찢기고, 균형을 잃은 말과 함께 나가떨어지며 땅을 굴렀다.

하지만 진짜 문제는 지금부터였다.

둘로 갈라진 마적대가 다시 합치기도 전에 순식간에 방향을 튼 철혈질풍대가 다시 질주해 왔다.

'염병!'

마적들은 욕을 하며 각자 알아서 고삐를 뒤틀어 회피했다.

퍼퍼퍼퍽! 사악— 사악—

히히히힝!

"아악!"

"크악!"

* * *

곽우는 찔러 들어오는 칼을 쳐내고, 발을 내질렀다.

퍽!

강력한 힘과 강철로 덥인 신발의 단단함까지 더해진 충격이 도적의 복부를 강타하고, 내장을 뒤집었다.

우웩!

도적은 반쯤 소화된 음식과 핏물을 한가득 쏟아 내며 땅에 얼굴을 처박고 주저앉았다.

곽우는 내질렀던 발을 도적의 뒤통수를 향해 내리찍었다.

콰득—

머리가 으깨지고, 피와 뇌수가 땅 위로 흩어졌다.

"으으!"

"아아!"

가까이 있던 도적들이 뒷걸음질 치며 비명도, 신음도 아닌 괴이한 소리를 냈다.

두려움에 질려 버린 혀가 꼬여 버렸기 때문이다.

그러나 곽우는 동정심 따위는 눈곱만치도 보이지 않고 그들을 향해 와락 달려들며 칼을 휘둘렀다.

스각 스각—

말끔하게 베어지는 소리와 함께 두 개의 머리가 땅으로 떨어지고, 두 몸통은 비에 젖은 짚단처럼 그대로 허물어졌다.

 곽우는 투구 밖으로 성난 맹수의 눈빛을 번뜩거리며 다음 목표를 찾았다.

 그러나 감히 그와 맞서려는 도적은 없었다.

 곽우 못지않은 기세와 단호함으로 날뛰는 대원들 때문에 그에게 다가서는 것도 쉽지 않았다.

 하지만 도적들의 숫자는 오백 명 이상이고, 대원들은 점차 기력과 체력이 떨어져 가고 있었다.

 대원들 중에 죽은 자는 없었으나, 절반 이상 크고 작은 상처를 입었다.

 시간이 길어질수록 불리해지고, 사망자가 생기면서 빠르게 늘어갈 것이었다.

 '늦기 전에 끝내야 한다.'

 곽우는 시선을 돌려 정면을 바라봤다.

 어둠에 덧씌워진 가옥의 그림자에 가려져 얼굴이 보이지 않았지만, 한 사람이 말을 타고 있는 게 보였다.

 그는 도적들과 마적들에게 명령을 내리던 인물이었다.

 '저놈이다.'

 마적대를 이끌고, 도적들을 규합하고, 촌장과 며느리를 이용해 그들을 함정에 빠트린 원흉.

 '저놈이 지옥수라대 두목 흉면수라(凶面修羅) 어동배임이

분명하다.'

지난 일 년간, 그를 찾고 또 찾았었기에 반갑기까지 했다.

이때, 구름에 가려졌던 초승달이 빠져나와, 어동배의 얼굴이 드러났다.

반쪽이 화상으로 일그러져 더욱 흉악스러운 인상이었다.

두 눈동자는 배고픈 이리의 그것처럼, 불길을 머금은 것처럼 이글거렸다.

'저놈을 제압하면 끝난다.'

그는 각오를 다지듯이 칼을 고쳐 잡고 앞으로 뛰어나갔다.

도적들이 막아섰다. 그는 촌각의 머뭇거림도 없이 베고, 또 베며 전진했다. 대원들도 그의 의도를 알아채고 뒤따라 움직이며 좌우의 접근을 막아 주었다.

"어동배―!"

곽우는 도발하듯 소리쳤다.

어동배의 시선이 그를 향했다.

비틀린 미소를 짓더니, 고삐를 두 손으로 움켜잡았다.

'그래, 내게로 와라!'

곽우는 어동배가 말을 몰아 달려오면, 그대로 말과 함께 두 쪽으로 갈라 버릴 생각이었다.

그런데 어동배는 그의 예상과 다른 행동을 했다.

'응?'

고삐를 당기더니 말머리를 뒤로 돌리는 게 아닌가.

'설마 도망을?'

곽우도 놀랐지만, 바로 옆에서 불안한 표정으로 사태를 지켜보던 촌장과 며느리는 더욱 놀랐다.

"나리! 어딜 가십니까!"

"내 아들의 복수는 어찌하고 간단 말이오!"

촌장은 어동배의 바지를 움켜잡았다.

"이럴 수는 없소! 내 아들이기 이전에 당신의 오른팔이었잖소! 이럴 수는 없소이다!"

며느리는 한술 더 떴다.

"나리, 저도 데려가세요! 나리를 모실 테니, 저를 데려가세요!"

하지만 어동배는 대꾸도 않고, 그들을 가차 없이 걷어차 버렸다.

그리고는 고삐를 흔들어 마을 밖, 어둠 속으로 달려가 순식간에 사라졌다.

곽우는 어이가 없었다.

대원들도 헛웃음을 지으며 어처구니가 없다는 표정들이었다.

그러나 도적들의 당혹감은 더욱 컸다.

"두목이 도망갔다!"

"흉면수라가 우릴 버렸다!"

어동배와 지옥수라대만 믿고 참여했던 도적들은 공황 상태에 빠졌다.

꾹 억눌러 두었던 철혈질풍대에 대한 두려움이 급속히 일어나 그들의 정신을 휘몰아쳤다.

"도, 도망치자!"

"죽, 죽고 싶지 않아!"

"으아—!"

죽고 죽어도 악바리처럼 덤벼들던 도적들은 완전히 무너졌고, 등을 보이며 도망쳤다.

"쫓아라!"

곽우는 그냥 보내줄 수 없었다.

다시는 준동하지 못하도록, 이런 계략으로 뒤통수를 치는 일이 없도록 불씨 하나 남기지 않겠다고 작심하며 먼저 앞으로 뛰어나갔다.

대원들도 뒤쫓았다.

"으악!"

"커억!"

가차 없이 베어 버렸다.

경공을 펼쳐 도적들을 앞지르고, 퇴로를 막아 버렸다.

도적들은 반대쪽으로 뛰었다. 좌우로도 뛰었다.

히히히힝—

이때, 지옥수라대를 괴멸시킨 담령과 대원들이 달려왔다.

그들은 좌우로 도망치는 도적들을 휩쓸었다.

연이어 마을 쪽으로 도망치던 도적들도 짓밟고 지나갔다.

도적들은 어디로도 도망칠 수 없었다.

"사, 살려주십시오!"

"항, 항복합니다!"

죽음의 공포에 함몰되어 부들부들 떨던 십여 명의 도적들이 무기를 버리고, 무릎을 꿇고 앉으며 두 손을 들었다.

그들을 시작으로 삼백여 명의 도적들이 너 나 할 것 없이 무기를 버리고 몸을 납작 엎드리며 항복을 청했다.

곽우는 대원들과 함께 도적들을 한 명 한 명 잡아끌어 내 무기가 없음을 확인하여 묶고, 담령과 말 무리는 그 주위를 맴돌며 기회를 틈타 도망치려는 행동을 차단했다.

"이리 와!"

대원이 항복한 무리 속에 숨어 있던 촌장을 찾아내 끌어냈다.

곧 며느리도 발견되어 끌려 나왔다.

"사, 살려주십시오! 도적들이 말을 듣지 않으면 죽인다기에 따랐을 뿐입니다요!"

"나, 나리, 저는 잘못이 없어요! 다 이 미친 늙은이가 억지로 시켜서, 어쩔 수 없이 했어요!"

"이 미친년! 시키긴 누가 시켜! 이 일을 계획하고, 두목한테 꼬리까지 치며 유혹하고, 끌어들인 게 네년이잖아! 나야말로 피해자야!"

촌장과 며느리는 자신의 행동을 부정하고, 악다구니를 치며 서로에게 잘못을 미루었다.

곽우와 대원들은 그 행태가 하도 밉살스럽고, 꼴 보기가 싫어서 말문이 막힐 정도였다.

이때, 마을에서 사람들이 나왔다.

그들은 수많은 시체와 피바다가 된 광경에 놀라 겁에 질렸고, 당황한 얼굴들이었다.

그중 노인들이 곽우와 무리의 앞으로 나와 무릎을 꿇고 머리를 조아렸다.

"무, 무사님들, 용서해 주십시오."

"저, 저희들은 모르는 일이었습니다."

"이런 짓을 꾸미고 있을 줄은 전혀 모르고 있었습니다."

곽우는 시선을 돌리는 촌장과 며느리의 반응을 보고 노

인들의 말이 거짓이 아님을 알 수 있었다.

"당신들의 말을 믿겠소."

"무사님들, 감사합니다!"

"이들은 모두 끌고 가서 관아에 넘길 것이니, 저들의 보복을 염려하지 마시오."

"고맙습니다. 저, 그런데 부탁드릴 게 있습니다."

"무엇이오?"

"저 두 사람은 저희에게 남겨두시고 가면 안 되겠습니까?"

곽우는 노인들과 마을 사람들의 얼굴에 어린 분노를 읽었다.

촌장과 며느리가 마을을, 그들의 목숨을 위태롭게 만든 것에 대한 분노일 것이었다.

"안, 안 됩니다요! 저, 저도 같이 데려가십시오!"

"싫어요! 관아로 넘겨주세요! 거기서 죗값을 치를 테니, 제발 데려가 주세요!"

마을 사람들의 살심 어린 시선을 받은 촌장과 며느리는 울며불며 곽우에게 매달렸다.

그러나 곽우는 그들을 싸늘하게 노려봤다.

"마음 같아서는 당장 목을 치고 싶으나, 마을 사람들 또한 너희의 욕심으로 희생당할 뻔했으니, 저들이 너희의 생사를 결정하도록 내어줄 것이다."

"나리!"

"살려 주십시오!"

촌장과 며느리가 땅을 기어와 매달리려고 하자 담령과 대원들이 발로 걷어차고, 칼을 겨누어 접근하지 못하게 했다.

"지금 떠날 것이니, 나머지 도적들까지 모두 포박하고 말과 무기를 찾아라."

대원들은 묶인 도적들을 길게 열을 세워 사방을 오가며 말과 무기를 되찾아 왔고, 떠날 채비를 갖추었다.

곽우는 수하가 끌고 온 그의 말을 부드럽게 쓰다듬어 주었다.

그는 말에 올라 동쪽을 바라보았다.

'언제고 네놈을 찾아내 직접 목을 쳐 줄 것이다.'

곽우는 도망친 어동배의 일그러진 얼굴을 떠올리고 곱씹으며 진형을 갖춘 대원들 쪽으로 고삐를 당겼다.

"출발한다!"

철혈질풍대는 도적들을 꼬리처럼 뒤에 달고서 마을을 떠났다.

그들이 떠나고 싸늘한 공허함이 맴돌았다.

마을 사람들은 잔뜩 굳어진 얼굴로 촌장과 며느리를 노

려보았다.

두 사람은 사색이 되어 두 손을 싹싹 빌고 살려달라며 애걸했다.

"이보게, 나야, 나. 자네 친구 아닌가. 한, 한 번만 봐주게!"

"용, 용서해 주세요! 무엇이든 할 테니까, 살려 주세요!"

그러나 사람들은 일말의 감정 동요 없이 손에 몽둥이와 돌을 들고 그들을 빽빽하게 둘러쌌다.

곧 격한 타격음과 고통 어린 비명이 어두운 밤공기를 타고서 메아리처럼 퍼져 나갔다.

"아악!"

"끄아악!"

* * *

마을에서 멀찍이 떨어진, 정면이 절벽처럼 깎아내린 높은 언덕 위에는, 말에 올라앉아 사람들이 촌장과 며느리를 때려죽이는 걸 지켜보는 사람이 있었다.

승패가 달린 결정적인 순간에 수하들을 버리고 도망을 쳐버린 흉면수라 어동배였다.

그는 말에서 내렸다.

언덕 끝에 서서 마을 저 멀리 어둠 속, 북쪽으로 내달리는 철혈질풍대를 바라보았다.

"이런 일을 겪었으니, 더 이상 방심하지는 않겠지."

무슨 의미일까.

어동배는 턱밑을 쓰다듬었다. 손끝으로 살가죽을 움켜잡고 위로 끌어올렸다.

바드드득—

길게 늘어지는 소리와 함께 얼굴 가죽이 위로 벗겨졌다.

그렇게 드러난 얼굴은 천환변형역용역신공을 사용하지 않은 용무쌍의 얼굴이었다.

현시점은 그가 귀주를 떠난 지 석 달.

지금으로부터 한 달 전, 호남, 강서, 복건 등을 두루 거쳐 절강에 이른 그는 철혈질풍대의 활약과 마적대와 도적들에 대한 이야기를 듣게 되었다.

꼼꼼히 정세를 살피고, 정보를 습득한 그는 탐문과 수색 끝에 지옥수라대의 비밀 근거지를 찾아냈다.

그리고는 어동배를 은밀히 암살해 인피면구를 만들고, 그의 행세를 하여 도적들을 규합하고, 촌장과 며느리의 복수심과 욕심을 부추겨서 함정을 파게 만들었다.

'도움을 받은 약자라 하여 전적으로 믿어 버리고 안이하게 대응하는 실수는 앞으로 다시 하지 않게 될 거다.'

그가 한 달간 수고하여 철혈질풍대를 위기로 몰아간 것은 인근의 사람들이 그들을 개선한 군대처럼 추앙하는 분위기 때문이었다.

연이은 승리와 토벌의 성공은 아무리 규율이 잘 잡힌 무리도 태만하게 만들 수 있었다.

일견 변함이 없는 듯한 철혈질풍대의 행태에서도 그 징조가 나타났다.

도적들이 도망치면 끝까지 쫓지 않는 경우가 바로 그것이었다.

기회가 생겼을 때 일망타진하지 않고, 다음을 기약한다는 건, 어떤 상황에서든 계속 승리할 것이라는 안이함에서 비롯된 태도였다.

계속 이기고 있기에 경험 많고, 성실한 곽우도 인지하지 못한 채 방만의 늪으로 빠져들고 있었던 것이다.

물론, 철혈질풍대에 경각심을 주기 위한 목적만은 아니었다.

방치해 두면 다시금 세력을 키워 발바닥에 박힌 가시처럼 계속 골치를 썩일, 강북과 손을 잡고 강남무림맹의 후방을 어지럽힐 세력이 될 여지를 없애기 위해서 미리 싹을 잘라 버린 것이다.

'이제 걱정거리가 없어졌으니, 안휘로 돌아가자.'

시간상으로도 돌아갈 때였다.

어느덧 일 년의 시간이 흘러 강남무림영웅대회의 개최를 코앞에 두고 있는 것이다.

'굴려 놓은 바퀴가 그동안 어떻게 돌아가고 있는지 둘러보자.'

용무쌍은 벗은 인피면구를 짓이겨 뒤로 던지고, 언덕을 박차 북쪽으로 몸을 날렸다.

　　　　　＊　　　＊　　　＊

안휘 동쪽에서 남서쪽으로 단단하고 평평하게 다져 놓은 드넓은 길이 길게 이어지고, 수많은 사람들이 그 위를 걸었다.

마차, 나귀, 수레 할 것 없이 다양한 운송수단 위에 다양한 물건과 짐이 쌓였고, 말과 소, 사람이 열심히 끌고 밀며 길을 따라 나아갔다.

그들이 향하는 곳은 청양과 구화산 사이에 있는 무인지대.

최근 용가장이 공사를 마무리하고, 완공한 성시 규모의 새로운 근거지, 대용성(大龍城)에 대한 소문이 퍼지면서 몰려드는 사람들이었다.

그들이 거니는 길은 나라가 주도하여 만든 관도가 아니었다. 용가장이 허가를 받고 독자적으로 수많은 사람을 인부로 고용하여 만들었다.

동쪽만이 아니었다.

남쪽과 북쪽, 서쪽으로 이어진 모든 길을 관의 도움을 전혀 받지 않고 용가장이 구축했다.

오히려 관인들을 설득하고, 건설 허가를 받기 위해서 막대한 돈이 들어가야만 했다.

그렇게 동서남북의 모든 사람이 대용성을 거쳐 소통한다는 목표 아래 진행된 도로 사업은, 고작 보름 만에 수만 명의 타지 인이 길을 통해 유입되면서 성공적인 사업임을 증명했다.

* * *

절강에서 안휘로 올라와 용무쌍(장주)으로 변신한 용무쌍은 남쪽에서 대용성으로 이어진 길을 걸었다.

'훌륭하군.'

불규칙하고 질척한 땅바닥에 자갈을 깔아 다지고, 물길엔 다리를 놓아 연결하고, 낮은 언덕은 깎아서 뚫고, 높은 산은 돌아서 길을 냈다.

거리를 줄이기 위해 무리한 공사를 지양했고, 편안한 보행에 중점을 두었으며, 풍경을 살필 여유까지 누릴 수 있게 했다.

'동동이 아무 걱정 말라며 호언장담할 만해.'

그저 짓는 것에 그치지 않고, 길을 이용할 사람들에게 불편이 없도록 세심한 부분까지 신경 썼으니, 감탄하지 않을 수 없었다.

'그 녀석이 날 보면 얼마나 우쭐댈까.'

동동의 모습을 상상만 해도 절로 웃음이 나왔다.

반 시진을 걸어 무인지대에 당도했다.

한때 메마른 언덕과 넝쿨로 우거진 야산, 모래 많은 들판과 습기 가득한 계곡뿐이었던 곳에 엄청난 위용의 거대한 성곽이 좌우로 길게 늘어져 있었다.

사두마차 석 대가 동시에 지나갈 수 있는 거대한 성문 앞에는 수천 명이 몇 개의 줄을 지어 경비무사들의 검열을 받으며 들어갈 차례를 기다렸다.

'이 정도면 북혈성에 뒤지지 않겠군.'

성곽만 보자면 북혈성보다 높고 거대했다.

하지만 동동의 설명에 의하면 북혈성 성곽에 들어간 돌의 양보다 삼분지 이밖에 사용되지 않았다고 했다.

무턱대고 물량 공세를 한 게 아니라, 대단히 체계적이고 실용적으로 설계되고, 건설된 것이다.

 용무쌍은 신분을 밝히고 먼저 들어갈 수 있었지만, 다른 사람처럼 줄을 서서 차례를 기다렸다.

 사람들이 대용성에 대해서 하는 이야기를 들어보고자 함이었다.

 모두 칭찬과 감탄 일색이었다. 곧 있을 영웅대회에 대한 이야기도 들렸다.

 "용 장주님!"

 성문 좌우에 서서 오가는 이들을 살피던 무사들이 깜짝 놀라며 다가왔다.

 검열을 하던 무사들도 그의 주위로 몰려왔다.

 무사들의 반응에 사람들도 용무쌍 주위로 모여들고 눈을 크게 뜨고 집중했다.

 강남 제일의 거부이며, 대용성의 주인을 이렇게 가까이서 볼 수 있는 기회가 또 언제 올지 모르니, 놓치고 싶지 않았던 것이다.

 "장주님께 인사 올립니다!"

 무사들이 공손하게 머리를 숙이며 반갑게 인사를 했다.

 그들이 오랜 여정으로 행색이 남루한 용무쌍을 금방 알아본 것은 대연흑풍단의 단원들이기 때문이었다.

 용무쌍도 부드러운 미소를 지으며 마주 인사를 했다.

"장주님, 마침 단주님도 여기 와 계십니다."

단원 한 명이 묻지도 않고 안으로 뛰어 들어갔고, 조금 뒤 다시 돌아왔다.

그의 뒤로 연유화가 걸어 나왔다.

모든 이들의 시선이 그녀에게 집중되었다.

후광이 드리운 것처럼, 빛나는 아름다움에 남녀노소 할 것 없이 벌린 입을 다물지 못했다.

게다가 그녀에겐 여느 사람들에게서 볼 수 없는 당당하고, 고고한 분위기가 있었다.

'뭔가 다른데.'

용무쌍은 내심 고개를 갸웃했다.

정확히 설명할 수는 없지만, 딱 꼬집어 말할 수는 없지만, 뭔가 깊은 변화가 느껴졌다.

'무공 경지의 상승인가? 아니면 더 자신감 넘치는 표정과 한층 성숙해진 자태 때문인지도.'

"오랜만입니다, 연 단주님."

용무쌍이 포권을 취하며 인사를 건네자, 연유화 역시 포권을 하며 그 어느 때보다 환한 미소를 지었다.

"잘 돌아오셨어요, 용 장주님. 걱정을 했는데, 건강하신 것 같아 안심이에요."

꽃이 피어난다는 표현에 딱 알맞은, 참으로 화사한 미소였다.

지켜보던 사내들 중에는 헤벌쭉해진 입을 다물지 못하고 침을 질질 흘리기까지 했다.

'어제 다르고 오늘 다른 게 여인이라고는 하지만…….'

안휘를 떠나고 일 년도 안 되었다는 걸 고려하면 의아스러울 정도였다.

"안 보던 사이에 더 아름다워지셨습니다."

"고마워요. 장주님의 칭찬을 받으니, 더없이 기쁘고, 기분이 좋네요."

"같이 들어갈까요?"

"죄송해요. 대연흑풍단이 동서남북의 성문 경계를 책임지고 있고, 아직 체계를 잡는 중인 데다, 따로 할 일도 있어서 지금은 여유가 없어요. 나중에 따로 저녁 식사 약속을 잡는 게 어떨까요?"

"그러는 게 좋겠군요. 그럼, 먼저 들어가 보겠습니다."

"안내를 붙여드릴까요?"

"괜찮습니다."

용무쌍은 연유화와 인사를 하고, 무사들과 일일이 시선을 마주치며 수고한다고 격려한 뒤, 성문 안으로 들어갔다.

연유화는 그런 용무쌍의 모습이 시야에서 완전히 사라질 때까지 눈을 떼지 못했다.

차분한 듯 보이는 그녀의 표정과 달리 눈동자에선 작은 불꽃이 일렁이고 있었다.

"검열을 재개하도록."

"알겠습니다, 단주님."

단원들이 다시 본래의 임무를 수행하고, 연유화는 성문을 떠나 동지구(東地區)로 향했다.

대용성은 크게 용성(龍城)과 내성(內城), 외성(外城)으로 구분된다.

용성은 장주의 거처, 내성은 주요 인물들의 거처, 그리고 외성은 동서남북으로 구역을 나누는데, 그중 동지구는 기반 사업에 종사하는 이들이 주로 머무르는 거주 지역이다.

거의 대부분이 작은 규모의 집이고, 다른 지구의 건물들과 마찬가지로 대용성이 월세를 받고 임대해 준다.

하지만 월세 금액이 거저나 다름없는 소액이라 아무도 불만을 품지 않았다.

오히려 가격대비 최상의 구조와 체계적인 설계에 따른 건물 배치, 임대 원칙에 따라 공평하게 분배되고 있어서 입주자들 모두가 만족스러워 했다.

연유화가 동지구에 들어서자 사람들의 관심을 단번에 끌어모았다.

그러나 한 번씩 감탄의 시선을 던지고, 일부 아낙들은 조심스럽게 인사를 건네기도 했지만, 그뿐이었다.

성문의 사람들처럼 과도하게 주목하거나, 다가오지 않았다.

오히려 한 번 보고 바로 시선을 거두어 태연히 자신의 일을 했다.

왜냐하면 그녀가 동지구를 방문한 게 처음이 아니기 때문이었다.

그녀는 동지구 중심에 있는 민의소에 들어갔다.

의원들과 일꾼들이 그녀의 방문이 익숙한 듯 놀라지도 않고 인사를 했다.

마주 인사한 그녀는 약재를 나르고, 환자에게 약을 바르고, 붕대를 교체하는 등의 전문성이 필요치 않은 간단한 일을 도왔다.

몇 달 전, 대용성으로 이주하고 첫 훈련에서 부상을 당한 대원들이 민의소에서 치료받을 때 방문한 이후로 매일같이 볼 수 있는 광경이었다.

"안녕하세요, 소장님."

연유화는 환자를 살피러 나온 오모초를 보고 친근하게 인사를 건넸다.

그러나 오모초의 반응은 썩 좋지 않았다.

눈살을 살짝 찌푸리더니, 대꾸도 없이 고개만 살짝 끄덕여 보이고는 빠르게 지나가 버렸다.

하지만 연유화는 기분 나쁜 기색 하나 없이 웃음으로 받아넘기고는, 한 시진가량 의원들을 돕다가 민의소를 나왔다.

볼일이 끝났는가 싶었더니, 그녀는 민의소의 뒤쪽으로 향했다.

그곳엔 나무가 무성하고 꽃이 만발한, 아래로 작은 개울까지 흐르는 제법 커다란 동산이 솟아 있었다.

마치 산책이라도 나온 듯 개울을 따라 거닐다 자연스럽게 나무 사이로 걸어 들어가 꼭대기에 올랐다.

꼭대기는 크고 작은 나무에 둘러싸인 좁은 평지였고, 중앙에 바위 몇 개가 의자처럼 자리 잡았는데, 바위에 앉아서 내려다보면 동지구 대부분이 시야에 들어왔다.

그녀는 바위에 앉아 눈을 감았다.

마치 홀로 고요함을 만끽하기 위해서 동산에 올랐다는 듯이.

하지만 아니었다.

"그자가 돌아왔더구나."

연유화는 뒤에서 들려오는 연산중의 음성에 눈을 뜨고 일어났다.

"성문에서 그를 만났어요."

"어떠하더냐?"

"행색이 남루해졌을 뿐, 크게 변함이 없었어요."

"외견만 보고 판단하지 마라. 더욱 강해져서 돌아왔을 것이다. 그러고 보니, 그자가 장주가 되고 나서 처음으로 날 찾아왔을 때가 생각나는구나. 그때도 허름한 행색이었지. 돌이켜 보면 내 방심을 끌어내기 위해서 그러한 모양새로 찾아온 듯싶구나."

"저도 기억이 나요."

연유화의 눈동자에서 다시금 불꽃이 일렁였다.

"성문에서 그를 보았을 때 살심을 억누르느라 무척 힘들었어요."

"잘 참았다."

"참지 않으면 기회가 오지 않으니까요."

"그래, 그래야지. 이제 시작하도록 하자."

두 사람은 바위에 앉아 마주 보았다.

그리고 마치 검처럼 팔을 뻗어 상대를 겨누었다.

"오늘은 광풍비천검법의 요결인 쾌에 치중하여 초식을 펼쳐보자꾸나."

연산중이 진중한 표정으로 호흡을 가다듬더니, 돌연 매섭게 손을 뻗었다.

연유화도 손을 뻗어 막았다.

손과 손이, 팔과 팔이 부딪쳤다, 미끄러졌다, 찌르는 속도가 전광석화처럼 빨랐다.

그러나 소리는 없었다.

일견 격렬해 보였지만, 팔만 정신없이 움직일 뿐, 그 외의 신체는 약간의 동요도 없이 평온하고, 주위는 고요하기만 했다.

* * *

용무쌍은 그의 거처로 마련된 용성으로 가지 않고, 순시하던 무사들과 공사에 참여한 일꾼들에게 물어물어 외성 북지구(北地區)로 갔다.

그는 수십 명의 일꾼들이 달라붙어 마무리 작업 중인 건물 앞에서 진두지휘하고 있는 동동을 발견했다.

"이봐, 거기! 거기! 틈 없이 꽉 들이밀어서 박으라고 했잖아!"

동동은 조금의 실수도 용납하지 않고 설계도를 들고 좌우로 오가며 작업을 다그쳤다.

"그러다 일꾼들 탈 나겠습니다. 쉬엄쉬엄하세요."

"어떤 자식이 감히 지적질이야!"

눈을 상큼 치켜뜨고 휙 돌아본 동동은 용무쌍이 걸어오

는 걸 보고는 놀란 표정을 짓다가 활짝 웃었다.

"하하, 언제 돌아왔어요?"

"조금 전에 왔습니다."

"꼴이 엉망이네요. 명색이 강남 제일의 거부인데, 좀 꾸미고 다니지 그랬어요."

"뽐내려고 돌아다녔던 건 아니니까요."

"잘난 척하라는 게 아니라, 기본만 하고 다니라는 거지요. 하여튼, 잘 돌아왔어요."

"그런데……."

용무쌍은 동동의 위아래를 보고, 손으로 머리 위치를 가늠하고는 빙긋이 웃었다.

"그동안 키가 많이 큰 것 같습니다?"

마지막에 보았을 때는 용무쌍의 가슴 높이도 되지 않았는데, 지금은 거의 어깨까지 닿으려고 했다.

"키만 큰 게 아니라고요."

동동은 봉긋하게 오른 가슴을 앞으로 불쑥 내밀었다.

"어때요, 제법 크죠?"

"민망스럽군요."

"순진한 척은."

"순진하지 않은 사람도 민망한 상황입니다."

"뭐가 민망해요. 저들처럼 즐기면 되는 거지."

작업하던 일꾼들이 크게 웃으며 휘파람을 불고, 환호까지 질렀다.

"그동안 많이 친해진 거 같군요."

예전에는 일꾼들이 그녀만 나타나면 겁을 먹고 시선도 못 마주치지 않았던가.

"흥, 공사가 다 끝났으니, 내 눈치를 볼 필요가 없다는 거지요. 교활하고 능글맞은 인간들 같으니라고."

"보기가 좋습니다."

"좋기는 뭐가 좋아요. 끝난 마당만 아니면, 저 인간들 죄다 확 잘라 버리는 건데."

하지만 가늘게 웃는 얼굴에서 농담이고, 허세라는 걸 알 수 있었다.

일꾼들도 몸을 사리는 시늉만 할 뿐, 진심으로 받아들이지 않았다.

"그건 그렇고, 어땠어요?"

"뭐가 말입니까?"

"흥, 모르는 척은. 멋지죠? 완벽하죠?"

"거슬리는 부분은 없더군요."

"솔직히 인정해요. 기대 이상이잖아요."

용무쌍은 어깨를 으쓱였다.

"나쁘지 않았습니다."

"솔직하게."

"좋았습니다."

"솔직하게라니까."

용무쌍은 한숨을 내쉬며 고개를 끄덕였다.

"최고였습니다."

"하하, 그것 보라니까. 자, 가요."

"어딜 갑니까?"

"인정을 했으면 밥을 사야죠."

"그런 약속을 한 적은 없는데요."

"꼭 약속을 해야 사요? 살 일이 있으면 사는 거지. 자, 마침 밥 때도 되었으니, 갑시다."

"거처도 아직 못 가봤습니다. 옷도 갈아입고, 씻기도 해야 하니……."

"그 꼴로 지금까지 잘 지냈는데, 새삼 꾸며서 뭘 해요. 이봐들, 장주님이 점심을 사신단다. 모두 작업 중지하고 따라와."

동동이 손짓하자 일꾼들이 환호성을 질렀다.

용무쌍은 얼떨떨한 표정을 지었다.

"동동한테만 사는 거 아니었습니까?"

"좋아 보인다면서요. 그럼, 계속 좋아 보이게 협조를 해야지요."

동동은 팔짱을 끼고 용무쌍을 남쪽 대로로 끌어당겼다.

"억만금을 줘도 후회하지 않을 만큼 맛있게 요리하는 집이 있으니, 자리가 꽉 차기 전에 어서 가요."

"억만금이나 줘야 합니까?"

"후회하지 않는다니까요."

"지금 가진 돈이 별로 없습니다."

"걱정도 팔자시네. 외상이 있잖아요."

용무쌍은 헛웃음을 지으며 동동과 함께 대로로 나아갔고, 수십 명의 일꾼들이 왁자지껄하게 즐겁고 신나게 떠들며 뒤따랐다.

*   *   *

"한 사람 당 소면 한 그릇, 만두 한 접시씩, 그리고 탁자당 오리구이 한 마리 바삭하게 구워서 깔아줘요."

점소이가 동동의 주문을 받고 돌아갔다.

용무쌍은 물었다.

"더 안 시킵니까?"

"그 정도면 충분하지, 뭘 더 시켜요? 그리고 여기 소면하고 만두가 얼마나 맛있는데요. 솔직히 점심에 오리구이까지 먹는 건 과한 구석이 있지만, 워낙 맛이 좋아서 그냥 돌아가기는 아쉬우니까 맛이나 보라고 시킨 거예요."

"작심하고 크게 쏘려고 했는데, 속은 기분이네요."

"먹는 걸로 돈 자랑 하는 건 보기가 안 좋아요. 특별히 입맛이 당기는 게 아니라면, 딱 먹을 만치만 시켜야죠."

"동동과 짝이 될 남자는 좋겠습니다."

"봉 잡은 거죠."

아래층에 따로 앉아 있던 일꾼들이 그 말을 듣고 야유를 보냈다.

동동은 벌떡 일어나 소리쳤다.

"거참, 시끄럽네! 누가 예의 없이 식당에서 떠들어요!"

야유 소리보다 그녀의 목소리가 더 컸지만, 개의치 않고 일꾼들이 키득거리며 야유를 그칠 때까지 소리쳤다.

"민망스럽군요."

"민망스러울 일도 많네요."

"그런데 공사는 다 끝난 거 아니었습니까?"

"그 건물이 마지막 남은 공사예요. 뭐, 다른 데도 몇 군데 손보긴 해야 하지만, 내가 없어도 상관없는 자잘한 작업이죠."

용무쌍은 그녀의 말 속에 남다른 의미가 담겨 있음을 알아챘다.

"떠나려는 겁니까?"

이때, 점소이가 음식을 가져와 탁자에 놓았다.

"와, 역시 빨라. 이 식당은 이래서 더 마음에 든다니까."

동동은 젓가락을 꺼내 용무쌍에게 내밀었다.

"어서 먹어봐요. 내가 장담하건대, 둘이 먹다 하나가 죽어도 모를 정도로 맛있어요."

용무쌍은 젓가락을 받아 내려놓으며 물었다.

"언제 떠나려는 겁니까?"

동동은 만두 하나를 집어 들며 대답했다.

"오늘 밤이요."

第四章
누란지세

와구와구—

 동동은 만두를 크게 한입 가득히 물고 씹고, 계속 밀어 넣어 하나를 뚝딱 먹어치웠다.

 "아, 목메여!"

 소면 국물을 쭉 들이켰다.

 "후아~ 좋다! 응? 왜 안 먹고 있어요? 국물 마셔 봐요. 내 생각에는 닭 육수로 끓인 거 같은데, 엄청 진하고 시원해요."

 용무쌍은 고개를 끄덕였다.

 그리고 젓가락을 집어 들어 소면을 먹고, 만두를 먹고,

오리구이까지 꼼꼼하게 뜯어먹었다.

소면 국물까지 한 방울 남김없이 깔끔하게 마셔버린 용무쌍은 젓가락을 내려놓고 배부른 한숨을 내쉬었다.

동동 역시 젓가락을 내려놓으며 빙긋이 웃었다..

"잘 먹네요."

"맛있으니까요."

"최후의 만찬이라 생각하니, 더 맛있죠?"

"영영 안 볼 사람처럼 말하는군요."

"다시 볼 일이 있을까요?"

"그렇군요. 다시 볼 일은 없을 것 같습니다."

"매몰차게 수긍해 버리네요."

"현실을 외면할 수는 없겠지요."

"붙잡지 않나요?"

"붙잡지 않습니다."

"왜요?"

"납득할 만한 능력을 보여준다면 보내준다고 약속했으니까요."

"납득했나요?"

"했습니다. 세상은 앞날을 예측하기 힘든 곳이니, 충분하다고는 단언할 수 없겠지만, 동동은 혼자서도 거뜬히 잘 지낼 수 있을 것 같습니다."

"고마워요."

"감사 인사를 받을 사람은 내가 아닙니다."

용무쌍은 일어나 정중히 포권을 하고 머리를 숙였다.

"대용성을 잘 만들어주어 고맙습니다."

"민망스러우니까, 앉아요. 앉아."

"다들 식사를 끝낸 것 같은데, 일어난 김에 나갑시다."

동동은 아래층에서 이쪽을 멀뚱거리며 쳐다보는 일꾼들을 내려다보고는 일어났다.

"다 먹고 자리 차지하고 있으면 영업에 방해가 되니까, 일터로 가서 쉬어요. 정확히 반 시진. 낮잠 푹 자고 다시 일 시작합니다."

일꾼들은 군소리 없이 일어나 우르르 식당을 나갔다.

용무쌍과 동동도 밖으로 나왔다.

"어디로 갈 겁니까?"

"일단 북쪽으로 가볼까 해요. 그쪽의 풍수와 지리가 강남과는 확연하게 다르니, 좋은 공부가 될 것 같아요."

"그 이유뿐입니까?"

동동은 히죽 웃었다.

"눈치도 빠르시네. 맞아요. 날 사부님에게 팔아넘긴 부모님들이 살아 있는지, 살아 있으면 어찌 지내고 있는지, 한번 보고 싶어서요."

"결과가 안 좋을 수도 있습니다."

"내가 누구인지 드러낼 일은 없을 거예요. 멀찍이서 한 번 보고 바로 떠날 거니까, 서로 간에 기분 상할 일도 없을 테죠."

용무쌍은 사람 마음이란 게 그리 단순할 수는 없다고, 직접 보게 되면 감정을 조절하기가 힘들 거라고 말하려다가 마음을 접었다.

'동동은 내가 생각하는 것 이상으로 현명한 사람이다. 그런 상황에서는 나보다 더 나은 선택을 할 수 있을 거야.'

"여기서 작별을 해야겠군요."

"배웅해 주지 않을 건가요?"

"기분 좋은 이대로 헤어지는 게 좋을 것 같습니다."

동동은 잠시 용무쌍을 빤히 쳐다보다가 말했다.

"같이 가요."

"……."

"떠나면 그뿐인 거예요. 상처 줄 필요도, 상처 받을 필요도 없어요. 죽이지 않아도 되고, 죽지 않아도 돼요. 지금이야 어려울 거 같고, 미련이 남을 것 같지만, 일단 떠나보면 원한도, 복수도, 괴로움도 가라앉게 될 거예요. 설사 후회가 남더라도 그건 그 나름의 삶이고, 견디지 못할 정도도 아니에요. 그러니까 나와 함께 가요."

용무쌍은 생각했다.

'이번이 마지막일지도.'

동동의 제안이 그가 다른 길을 갈 수 있는 마지막 기회인 거라고.

눈을 감았다.

주먹을 꽉 쥐었다.

심장이 두근거렸다.

전신의 근육이 조여졌다.

바람 한 점 없음에도 공기의 흐름이 피부를 스쳐 가는 게 느껴졌다.

눈을 떴다.

그리고 가늘게 미소 지으며 말했다.

"내 삶은 이곳에 있습니다."

동동은 고개를 숙였다.

투명한 눈물 몇 방울이 땅에 떨어졌다.

그녀는 고개를 들지 않은 채 돌아섰다.

"이왕 시작한 거 뒤돌아보지 말고 끝장을 봐요. 잘 있어요."

동동은 손을 흔들고는 북지구로 성큼성큼 나아가 사라졌다.

용무쌍은 동동의 모습을 끝까지 바라보다 용성 쪽으로

돌아서 천천히 걸음을 내디뎠다.

　　　　　　　＊　　　＊　　　＊

　용무쌍은 외성을 넘어 내성에 이르고, 용성 앞에 섰다.
그의 행보를 따라 수천의 무리가 모여들었다.
"잘 돌아오셨소이다."
모현초와 조이몽이 호법들을 이끌고 인사를 했다.
"돌아오시길 기다렸습니다."
조원엽과 설여민이 전장의 사람들과 나타나 머리를 숙였다.

　그 외에도 연유화와 대연흑풍단, 오모초와 민의소의 의원들, 신분을 감춘 채 기반 사업을 통괄하고 운영하는 고고이, 고고삼과 천이문의 무리, 역시 신분을 감추고서 다양한 직업과 신분으로 암암리에 활동하는 추명살 등의 암영문 살수들.

　용무쌍은 그들을 마주하고, 차분한 눈길로 둘러본 뒤, 정중히 포권과 함께 머리를 숙였다.
"그동안 고생들이 많았습니다. 새로운 터전에서 앞으로도 최선을 다할 것이며, 부족한 저를 도와주십시오. 잘 부탁드리겠습니다."

누군가 크게 외쳤다.

"성주님, 만세!"

와—!

연이은 외침과 환호 섞인 함성.

일부는 기뻐하고, 일부는 경탄하며, 일부는 내심 우려와 분노를 품은 채 용무쌍을 바라봤다.

*   *   *

용가장은 대용성이 되었다.

이를 알리는 전서가 사방으로 전해지고, 축하하는 답장들이 모여들었다.

이어서 주최 문파들에서 파견된 중진들이 대용성에 모여 보름에 걸쳐 논의를 한 끝에 강남무림영웅대회의 개최 날짜와 장소 등이 정해지고, 공표되었다.

한 달 뒤.

대용성.

강남은 소리 없이 뒤흔들렸다.

지난 일 년간 대회 출전을 위해 수련하고 준비했던 고수들이 자리를 박차고 나왔다.

한꺼번에 무림인 수천 명이 각지에서 삼삼오오, 떼를 지어 안휘로 모여들었다.

또한 무림인이 아닌 이들 수만 명이 대회를 구경하겠다고 몰려왔다.

* * *

대용성 용성 중앙에는 송곳 모양의 길쭉한 칠 층 석탑이 세워져 있었다.

용탑(龍塔).

오르는 길은 사람 한 명이 지나갈 수 있는 좁은 통로의 계단이고, 중간에 아무런 공간도 없이, 오직 꼭대기에만 장정 세 명이 모여 설 수 있는 방 하나가 있었다.

그리고 방 사방으로 원을 그리듯 작은 창이 만들어졌고, 가운데에는 석좌가 놓였다.

용무쌍은 그 돌의자에 앉아 석탑 아래를 내려다봤다.

거대하고 드넓은 대용성뿐만 아니라, 그 외곽의 풍경까지 한눈에 들어왔다.

대용성 외성 각 지구마다 여덟 개씩 세워진 비무대, 그 지구로 이어지는 통로마다 막사 형태의 임시 숙소, 임시 식당들이 빼곡했다.

하지만 진정 놀라운 풍경은 대용성 외곽이었다.

강남 각지에서 모여든 수만 명의 인파들이 대용성을 포위한 것처럼 가득했다.

최대 백만의 수요가 입성할 수 있도록 설계된 대용성이긴 했으나, 저 많은 이들을 감당하기란 결코 쉽지 않아 보였다.

공간의 문제가 아니라, 그들을 맞이하고 상대할 인력과 다양한 시설의 문제인 것이다.

하지만 문제는 조금도 생겨나지 않았다.

저 많은 이들 중 실질적으로 대회에 참가하는 무림인들은 오백 명을 넘지 않고, 그 외의 사람들은 대용성이 처우를 해결해 줄 의무가 전혀 없기 때문이었다.

또한 대박의 호기를 놓치지 않기 위해서 미리 대용성에 허가를 받은 상인들이 숙소와 식당뿐만 아니라 다양한 기반시설을 자체적으로 구축해 사람들의 편의를 제공했다.

타박타박—

계단을 오르는 발걸음 소리에 이어 고고이가 방으로 들어왔다.

"여기서 보는 풍경은 정말 멋지군요. 하루 종일 봐도 질리지가 않겠습니다."

"가져왔습니까?"

"예, 주군."

용무쌍은 고고이가 내민 두꺼운 책과 얇은 책을 받아서, 그중 두꺼운 책을 펼쳤다.

강남 문파의 고수들, 그 외에 독자적으로 활동하는 무림인들까지, 그들의 인과관계, 전력, 현 상황 등을 비롯한 다양한 정보가 기록되어 있었다.

"천이문이 그동안 모은 무림인들에 대한 정보와 자료가 집약되었으니, 강남무림인명사전이라고 불러도 될 겁니다. 이번에 참여한 문파와 고수들은 요약하여 작은 책에 옮겨 두었습니다."

두꺼운 책을 덮고 얇은 책을 펼쳤다.

한참을 살펴보던 용무쌍은 소매에서 손가락 모양의 흑탄을 꺼내 사람 이름에 줄을 긋기 시작했다.

어떤 장에서는 한 명, 어떤 장에서는 한 명도 하지 않고, 어떤 장에서는 네다섯 명을 긋기도 했다.

그어진 이름에는 공통적인 구석이 있었다.

모두 문파와 세력에 속해 있고, 지위도 수장이나 최고 중진급에 해당했다.

그리고 그 속한 문파와 세력은 무림에서 차지하는 비중이 크지 않았다. 그렇다고 하급에 속하는 수준도 아니었다.

어딜 가도 무시 받지는 않지만, 그렇다고 깍듯한 대우를 받을 정도가 아닌 것이다.

용무쌍은 마지막까지 꼼꼼하게 살피고, 줄을 긋고 나서 흡족한 표정으로 책을 덮고 일어났다.

그는 두꺼운 책은 품에 넣고, 얇은 책은 고고이에게 건네주었다.

"지시한 대로 처리하세요."

"알겠습니다. 그런데 한 가지 신경 쓰이는 일이 있습니다."

"뭔가요?"

"한 달이 넘도록 담충과 연락이 되질 않고 있습니다."

용무쌍은 눈살을 찌푸렸다.

"강북으로 이어진 모든 경로가 발각이라도 됐다는 겁니까?"

"발각된 경로는 없습니다. 막힌 게 아니라, 연락을 취할 수가 없습니다. 그의 현재 소재가 확인되질 않아서 찾고 있는 중입니다. 하지만 활용할 수 있는 인력이 한정되다 보니…… 인력을 증강할까요?"

용무쌍은 고개를 내저었다.

"설사 담충에게 문제가 생겼다고 해도 우리가 당장 도울 방법은 없습니다. 그러니 신중히 움직이세요. 욕심이 앞서 사람을 늘렸다가는 만조단에 발각될 겁니다. 지금보다 더

누란지세 205

욱 은밀히, 조심스럽게 찾으세요."

고고이는 수긍했지만, 내심 마음이 서늘해졌다.

'이처럼 냉철하게 판단할 수 있는 사람이 몇 명이나 될까.'

물론, 쓰고 버린다는 개념으로 수하를 부리는 이들은 세상에 넘쳤다.

하지만 용무쌍이 담충을 무척 아낀다는 걸 알고 있기에, 지금의 냉철한 판단은 용무쌍을 더욱 무서운 인물로 느껴지게 했다.

"더 할 말이 있나요?"

"아, 예. 섭윤선이 주군의 뒤를 캐라고 천이문에 의뢰를 넣었습니다."

"지난 일 년 동안의 행적을 알고 싶어 하는 모양이군요."

"특히 여자가 있는지에 대해서 조사하라더군요. 옷깃이라도 스친 여자가 있다면 신상뿐만 아니라, 어디에 살고 있는 것까지 자세히 캐서 가져오랍니다."

용무쌍은 혀를 내둘렀다.

어떤 속셈인지, 그녀의 잔혹한 의도가 빤히 보였으니까.

"그 여자의 심기를 조금이라도 건드렸다가 죽어나간 시녀와 무사만 스무 명이 넘습니다. 그나마 화 방주가 옆에서 다독였기에 그 정도지, 성질대로였다면 그 몇 배는 죽었을 겁니다. 변희대가 죽지 않은 게 신기할 정도라니까요."

"그를 아직 죽이지 않았다고요?"

의외였다.

항주전장을 팔게 만들고 쓸모가 없어졌으니, 바로 제거할 줄 알았기 때문이다.

"혼인도 그대로 진행한 겁니까?"

"한참 질질 끌기는 했지만, 두 달 전에 혼인을 했습니다. 아, 그리고 화 방주도 섭채성과 혼인을 했습니다."

용무쌍은 그럴 줄 알았다는 듯 고개를 끄덕이며 잠시 생각에 잠겼다가 지시를 내렸다.

"여자는 없었습니다. 귀주에서 폐관수련을 하다가 돌아왔다고 전하세요."

"한번 만나 보시지요. 주군이 직접 말을 해 줘야 믿지 않겠습니까."

"대회가 끝나고 만나도 됩니다."

고고이는 용무쌍의 반응에서 이전에는 볼 수 없었던 섭윤선에 대한 강한 거부감을 느끼고 더는 강요하지 않았다.

"물러가겠습니다."

"수고했습니다."

고고이가 나가고 용무쌍은 창문으로 시선을 돌렸다.

'치정 따위에 얽힐 때가 아니다.'

영원히 외면할 수는 없겠지만, 지금은 마주치고 싶지 않았다.

그는 섭윤선에 대한 생각을 머릿속에서 지워 버리고, 인산인해의 풍경을 이룬 대용성을 냉정한 눈길로 바라보았다.

* * *

와글와글— 웅성웅성—

이른 아침, 대용성 외성 동서남북 지구가 교차하는 중심점, 일명 대연무장(大練武場)에는 높이가 보통 장정의 허리 높이 정도 되는 두 척, 가로세로 넓이 이십 장의 결승 비무대가 세워져 있다.

비무대 주위에는 수만 명이 운집한 상태였다.

강남무림영웅대회에 참가하는 무림인들뿐만 아니라, 이를 보고자 하는 사람들이 모두 모여 있는 것이다.

챙챙챙! 타타타타타탕! 파파파파파팡!

사방에서 징 소리, 북소리와 함께 폭죽이 터지고, 운집한 사람들 사이로 수십 마리로 구성된 사자춤이 신나게 펼쳐졌다.

그 외에도 다양한 볼거리가 이어지며 흥을 돋웠다.

한 시진에 걸쳐 분위기를 고조시키는 행사가 끝나고 격렬한 북소리에 이어 용성의 문이 열렸다.

한 명 한 명이 범상치 않은 기도를 지닌 일단의 무리가 걸어 나왔다.

흑마녀와 백마인을 포함하여 이번 대회를 주최한 문파들의 수장들이었다.

중심에는 용무쌍이 있었다.

용무쌍을 제외한 이들은 비무대가 한눈에 보일 수 있게 한 장 높이로 세운 단상으로 올라가서 배정된 자리에 앉았다.

용무쌍은 비무대에 올라 중심에 섰다.

그는 동서남북을 향해 포권을 하며 머리를 숙였다.

"대용성 성주 용무쌍입니다. 먼저 대회에 참여한 강남 무림의 영웅들, 강남의 여러 문파들, 그리고 이를 지켜봐 주기 위해서 먼 길을 마다하지 않고 오신 모든 분들에게 감사드립니다."

그의 잔잔한 음성에는 공력이 실려 인파의 가장 끝까지도 또렷하게 퍼져 나갔다.

와―!

수만의 군중이 일제히 환호를 질렀다.

"오늘 대회를 시작함에 있어 기본적인 절차와 규칙에 대해 말씀드리고자 합니다. 이번에 참여해 주신 분들은 사백구십이 명. 각 네 명씩 백이십삼 조로 구성하였습니다. 각 조는 최후의 한 명만 승자가 되어 진출하게 됩니다."

이후 백이십삼 명의 진출이 결정되면 투표를 진행하여 세 명씩 사십일 조로 구성되고, 다시 승자 한 명을 결정하고, 또 다음 단계로 진출하는 방식이었다.

"각 조의 비무 순서는 정해지지 않았으며, 누구든 비무대에 먼저 오를 수 있습니다. 다만, 유념해야 할 것은 비무대 밖으로 떨어지면 패배이고, 비무 중에 패배를 자인할 수도 있으며, 비무에 참여하지 않고 기권하는 것도 가능합니다. 그러나 우리는 교류와 협력을 통해 화합하고, 강남무림을 응집시키기 위해서 대회를 열었습니다. 그러하기에 상대를 죽이는 것 역시 패배로 규정할 것임을 명심하십시오."

곳곳에서 당혹감을 느끼고 웅성거리기 시작했다.

상대를 죽이지 않고 승리한다는 건 말처럼 쉬운 게 아니기 때문이었다.

순간순간 최선을 다해도 승패를 장담할 수 없는 마당에, 상대를 죽이지 않기 위해 힘을 빼고 싸운다는 건 더욱 어려운 싸움이 될 수밖에 없는 것이다.

용무쌍은 손을 들어 군중들의 소란을 진정시켰다.

"압니다. 어렵겠지요. 그러나 상대를 해하지 않고도 이기는 것이 진정한 강함이 아니겠습니까. 또한 죽이지 못할 뿐, 다치는 것까지 제재하겠다는 건 아닙니다. 시간도 일각으로 제한할 것입니다. 그리고 어느 한쪽도 승복하지 못할 경우에는 여러분들의 반응을 보고, 단상에서 지켜보는 저분들이 승자를 결정할 것이니, 공정함에 있어서 문제가 될 소지는 없을 것입니다."

단상에 앉은 이들의 신분과 명성, 실력이야 모르는 사람이 없으니, 불만이 있을 수가 없었다.

"공정함을 더욱 공고히 하기 위해서 한 가지 규칙을 더 하였습니다. 조에서 기권이 생길 경우, 타 조에 속하거나, 대회에 신청하지 않아서 참여하지 않은 무림인 중에 선착순으로 비무를 요청할 기회를 줄 것이며, 승자가 받아들이면 비무를 진행하게 될 것입니다."

군중들은 수긍이 되는지 고개를 끄덕였다.

"이제 마지막으로 이번 대회의 상금 액수와 상품에 대해서 말씀드리겠습니다."

모든 이들이 입을 꼭 다물고 숨소리조차 억누른 채 귀를 쫑긋 세웠다.

"상금과 상품은 승자가 독식할 것이며, 상금은 황금 일만 냥, 상품은 건곤대진력(乾坤大眞力)과 벽력신권(霹靂神拳)

입니다."

사람들의 눈이 화등잔만 하게 커졌다.

'일만 냥!'

은자로 이십만 냥.

웬만한 부자도 쉽게 보기 힘든 금액이었다.

보통 사람은 평생을 떵떵거리며 살 것이고, 잘 관리하면 삼 대까지는 아무런 걱정 없이 풍요로울 수 있는 엄청난 거금이었다.

무림인들에게도 적은 금액이 아니었다. 강남에서 손꼽히는 거대문파의 수장들도 현금으로 손에 쥐기 힘든 금액이었으니까.

하지만 무림인들은 상금보다 상품에 더욱 놀랐다.

'실전되었다고 알려진 거력패왕권(巨力覇王拳)의 무공을 상품으로?'

거력패왕권 육건은 이백 년 전, 감숙 제일의 고수였다.

당시 감숙뿐만 아니라, 강북에서 패배한 적이 없을 만큼 대단한 고수로 알려졌지만, 안타깝게도 그의 사후에 무공은 실전되었다.

그런데 그 실전된 무공이 강남에서 나타났고, 상품으로 내걸리기까지 했으니 어찌 놀라지 않을 수 있겠는가.

심지어 주최 문파들의 수장들도 벌린 입을 다물지 못했

다.

그들도 상품에 대해서 몰랐던 것이다.

이제는 놀람을 넘어서 무림인들의 눈동자에 뜨거운 탐심이 깊이 어렸다.

'무공비급을 준다기에 그저 생색이나 낼 중하급의 무공을 내걸 줄 알았더니.'

권각을 쓰는 무림인이 아니라도 욕심이 날 수밖에 없는 상승의 무공이었다.

용무쌍은 무림인들의 반응을 예상했기에 미소 지으며 담담히 설명을 이어갔다.

"무림인이라면 건곤대진력과 벽력신권이 거력패왕권 육건의 비전무공임을 알 것입니다. 이를 얻은 건 참으로 큰 기연이었습니다. 그 사정을 설명하는 건 별로 의미가 없으니, 넘어가도록 하겠습니다. 그러나 제가 무공을 가지지 않고 내놓은 것은 보물에는 주인이 따로 있다는 무림의 격언 때문이었습니다. 자격이 없는 이가 보물을 갖게 되면 천벌을 받아 목숨을 부지하기도 어려울 것입니다. 그래서 대회의 승자가 가지는 게 좋겠다고 결정했습니다. 대회의 승자는 강남 제일의 고수라고 해도 될 것이니, 보물을 가질 자격으로 충분하지 않겠습니까."

"역시 천하대인(天下大人)이십니다!"

"대용성의 성주다운 풍모이시오!"

여기저기서 용무쌍을 칭찬하고, 추앙하는 말들이 쏟아져 나왔다.

그러한 외침은 늘어나고 커지면서 커다란 함성이 되었다.

"용 성주님, 만세!"

"용무쌍 님 만세!"

"천하대인 만세!"

와—!

용무쌍은 잠시 흥분이 가라앉기를 기다렸다가 손을 들어 자신을 주목케 했다.

"저는 결코 대인이 아닙니다. 대회를 개최하고 참여까지 하였으니, 오히려 욕심이 큰 사람이지요."

그가 참여할 거라고 생각하지 못했던 군중들 대부분이 놀라고, 의아해하고, 우려의 표정을 지었다.

'화용빙미라면 모를까, 용 성주가?'

물론, 주최자 중 한 명이라고 해도 용무쌍 역시 무림인이기에 대회에 참여하는 것은 문제가 되지 않았다.

하지만 그의 실력이 우승을 노릴 만한 수준이 되느냐, 하는 것에 대해서는 의구심이 있을 수밖에 없었다.

냉정히 따져 보면, 그가 참여하지 않는 것이 더 현명할 것이었다.

 강남 제일의 거부, 강남에서 손꼽히는 거파의 수장, 그리고 영웅대회의 주요 주최자이고, 대의를 위해서 욕심을 버리고 보물과 다름없는 무공비급을 내놓은 것만으로도 그 어떤 고수들도 지니지 못한 명성을 가졌고, 가지게 될 것이었다.

 반면에 무위에 대한 몇 가지 소문은 있으나, 순수 무림인으로서의 명성과는 거리가 먼 그가 대회에 출전해서 초반에 패배하여 떨어지고, 혹여 부상이라도 입게 된다면 명성은 하락하고, 도리어 망신과 비웃음을 살 가능성이 높았다.

 그러나 용무쌍은 그러한 반응에 개의치 않는다는 듯 담담히 말했다.

 "저는 일 조에 속해 있습니다. 일 조는 개최의 시작을 알리는 의미로 이곳 결승 비무대에서 진행될 것입니다. 그리고 명확히 하기 위해 미리 밝히자면, 제가 특별히 부탁하여 일 조에 배정된 것입니다."

 표를 뽑아 우연으로 조 결정이 된 게 아니라는 말에 군중들이 웅성거렸다.

 짜고 치는 대회가 되는 거 아니냐는 말까지 나왔다.

 "오해를 하실까 말씀드립니다. 저 혼자만 그리 결정된 것입니다. 특혜라면 특혜일 수도 있겠으나, 다른 분들은 결코 인위적으로 뽑은 게 아닙니다. 이는 대회의 시작을 선포함과 동시에 절차와 진행 방식이 어떠한지, 그리고 얼마나 공정하게 될지를 보여주기 위한 선택이었습니다. 그 증거로 제가 먼저 비무 참가자로 시작하겠습니다. 그리고 운 좋게 승자가 되어 다음 조로 넘어가게 되면 그때도 첫 참가자로 시작하겠습니다. 이후의 모든 조에서도 마찬가지로 첫 번째로 나서겠습니다."

불만과 우려의 감정이 섞인 웅성거림이 잦아들었다.

'먼저 나서면 다른 세 명을 연이어 이겨야 되는 거잖아.'

'아무리 시간의 제한이 있어도, 체력과 실력을 갖추지 못하면 이기기 힘들지.'

'승자가 되어 윗단계로 올라가도 계속 첫 참가로 나서겠다면, 더더욱 버거울 테고.'

'짜고 칠 수 있는 상황 자체가 될 수가 없잖아.'

'상금도 상품도 우승자가 독식이고.'

'용 성주가 우승할 리는 없으니까.'

'뭐 괜찮겠네.'

납득한 군중들은 어서 일 조에 속한 무림인들이 누구인지 호명하라고 외쳤다.

"일 조의 참가자는 대용성의 수석호법인 본인이 발표하겠소."

백마인 조이몽이 일어났다.

군중들은 한 대 얻어맞은 것처럼 입을 다물었다.

배분과 명성, 실력에 있어서 강남 제일이라고 해도 부족하지 않은 존장이 말을 하는데 어느 누가 시끄럽게 떠들 수 있겠는가.

"대용성 성주 용무쌍 외, 일월신창(一月神槍) 손격, 파육화상(破肉和尙) 락빠, 파사검(波娑劍) 감보철."

이름이 모두 호명되자, 군중 사이로 실망감이 흘렀다.

식견이 높고, 소문에 밝은 자들이라면 손격과 락빠가 대용성의 호법들임을 알고 있기 때문이다.

'낭인들이긴 했어도 명성과 실력이 여느 대문파의 고수들 못지않았던 두 사람을 이용해 힘 빼지 않고 두 번의 승리를 따낸 뒤에, 감보철에게 집중하여 최후의 승자가 되겠다는 의도잖아.'

'진짜 노골적으로 짜고 치겠다는 건가?'

군중들은 용무쌍뿐만 아니라, 대용성에 속하게 되면서 자존심을 잃은 손격과 락빠에 대해 실망했다.

사정을 몰랐던 이들까지 좌우에서 들리는 이야기를 듣고 허탈한 표정을 지었다.

하지만 누구도 이에 대해 따지고, 소리 높여 불만을 터트리지 못했다.

이름 높은 고수들은 신중을 기하기 위해서 일단은 상황이 어찌 돌아가는지 지켜보자는 생각이었다.

그리고 이름 없는 고수들과 구경꾼들은 대용성 안에서 조이몽을 앞에 두고 따질 만큼 간담이 크질 않았다.

"도전!"

우렁차면서도 살짝 어눌한 외침에 이어, 장발의 장년인이 사람들을 헤치고 비무대로 올라왔다.

파육화상 락빠였다.

대용성(용가장)의 호법이 되고도 해지고 기운 가사를 입은 그대로였다.

그는 솥뚜껑처럼 두껍고 넓은 손으로 합장을 하고 고개를 들더니, 용무쌍을 똑바로 쳐다보며 눈을 부라렸다.

"나 락빠, 강자 좋아해. 성주, 강자 아니다. 내려가. 아니면 죽어."

여기저기서 웃음소리가 터져 나왔다.

한어에 익숙지 않아 단답형으로만 말을 하는 락빠의 말투가 재미있게 들렸기 때문이다.

하지만 락빠와 싸워 보았거나, 싸우는 걸 본 적이 있는 사람에게 당시의 상황을 직접 들어 보았던 이들은 웃지 않았다.

말투는 우스워도 보통 장정들의 손보다 세 배는 더 커다란 락빠의 손이 얼마나 무서운지 알기 때문이다.

무엇보다 그는 농담이나 허언을 하는 사람이 절대 아니었다.

오히려 너무 진지하고, 속내를 있는 그대로 표현해 분란을 일으키길 밥 먹듯이 했다.

'성주를 저리 노골적으로 무시하다니.'

'겨줄 생각이 아니다. 진짜로 싸우려는 거야.'

'게다가 봐주는 거 없고, 죽일 수도 있다는 거잖아.'

'당장 말리지 않으면, 큰일이 생기겠는걸.'

군중들은 용무쌍이 무척 당황했을 걸로 생각해 그의 반응에 이목을 집중했다.

용무쌍은 포권을 하며 말했다.

"사내대장부가 주먹을 쥐었으면, 허공이라도 때려 봐야 하지 않겠습니까. 한 수 가르쳐주시길 부탁드립니다."

'전혀 놀라질 않잖아?'

'역시 짜고 치는 건가?'

'락빠가 허세를 부릴 리는 없는데.'

'저러다 죽지.'

락빠에 대해 조금이라도 아는 이들과 모르는 이들 사이에 오가는 괴리 속에서 군중들은 혼란을 느꼈다.

짝!

락빠는 손바닥을 마주치고 눈동자를 번뜩였다.
"성주. 죽어. 원망 마."
그리고는 바닥을 찍고 앞으로 뛰어나갔다.
두 걸음 만에 오 장이나 되는 간격을 뛰어넘어 용무쌍의 코앞에 이르렀으니, 가히 전광석화와 같은 움직임이었다.
하지만 그의 진정한 무서움은 발이 아니라, 손에 있었다.
흥—
락빠가 쭉 내뻗어 내리치는 손이 용무쌍의 얼굴을 덮었다.
용무쌍은 옆으로 빠지며 손바닥을 어깨 옆으로 흘려보냈다.
쾅— 와작!
손바닥에 눌리며 생겨난 압력에 두께가 한 척이나 되는 석판을 깔아 만든 바닥이 으깨지고 함몰됐다.
'얼굴에 맞았으면 그대로 박살이 났겠다.'
군중들은 락빠가 진심으로 비무에 임한다는 걸 그 한 번의 일격으로 실감했다.
락빠는 내리친 손바닥을 당기며 다른 손으로 옆구리를 향해 밀어 쳤다.
용무쌍은 빙글 돌아서 장력을 흘려보내고 락빠의 뒤쪽으로 바짝 붙으며 어깨를 들이밀었다.

퍽—

락빠는 바닥을 끌면서 앞으로 주르륵 밀려나다가, 바닥을 차고 공중을 한 바퀴 돌아 바닥에 내려섰다.

그리고 달려오는 용무쌍을 향해서 양손을 내질렀다.

콰릉—

천둥이 치는 소리와 함께 푸른 장력이 공간을 격하고 번개처럼 뻗어나갔다.

대뢰음사의 절기, 거령금강력(巨靈金剛力)의 공력을 바탕으로 펼쳐지는 뇌혼경천장(雷魂驚天掌)이었다.

용무쌍은 달리는 걸 멈추고, 옆으로 몸을 뺐다.

츠륵—

장력이 스치고 간 어깨의 옷깃이 크게 찢겨 나갔다.

"우왓—!"

비명과 같은 놀란 외침이 군중 속에서 터져 나왔다.

용무쌍이 피한 장력이 그의 뒤쪽에서 보고 있던 군중들의 머리 위로 지나간 것이다.

일부는 묶은 머리가 풀리고, 모자가 날아가고, 머리카락이 타들어가 먼지처럼 흩어졌다.

보는 이들의 눈높이에 맞추기 위해서 비무대가 낮게 만들어졌기 때문에 생겨난 현상이었다.

'키가 조금이라도 컸다면…….'

얼굴이 함몰되었거나, 머리가 박살났을 게 분명했다.

'명당이라 좋아했더니, 이거 잘못하면 저승 구경하게 생겼잖아.'

비무대에 가까이 붙어 실감 나게 볼 수 있게 되었다고 기뻐하던 사람들의 표정이 흙빛으로 변했다.

그들뿐만 아니라, 비무대에서 다섯 장 안에 있던 사람들이 즉시 뒤로 조금씩 빠지며 주저앉아서 또다시 덮칠지도 모를 장력에 대비했다.

'우리도 안전하단 보장이 없잖아.'

앞쪽 시야가 훤해지자 일부 고수들과 끝자락의 사람들을 제외하고 나머지 군중들도 급히 바닥에 앉았다.

파파파파파파팡—

연이어 내뻗는 손바닥에서 푸른 기운이 비처럼 쏟아지고, 용무쌍은 좌우로 정신없이 오가며 피했다.

"흡!"

락빠는 갑자기 양손을 마주 대어 비틀었다.

양 손바닥에서 푸른 기운이 실처럼 뽑히며 팔 전체를 휘감았다.

"성주, 영원히 못 피해. 죽기 싫음. 포기해."

용무쌍은 대꾸하지 않고 양손을 늘어뜨렸다.

락빠는 양 손바닥을 엇갈려 모으며 앞으로 내밀었다.

콰릉—

이전과는 비교도 되지 않을 굉음에 이어 엄청난 기파를 동반한 푸른 장력이 날아갔다.

용무쌍은 피하지 않았다.

오히려 앞으로 한 걸음 나아가며 늘어트린 양손을 꽉 쥐고 동시에 앞으로 내밀었다.

광—

충격음이 너무 커서 마치 소리가 사라진 듯했다.

소리의 파장이 너무도 커서 가까이 있던 사람들은 오만상을 찡그리며 귀를 막았고, 일부 간담 작은 자들은 눈을 까뒤집으며 나자빠지기도 했다.

하지만 그런 가운데에서도 대부분은 비무대에서 눈을 떼지 못했다.

"……!"

모두의 눈이 커졌다.

락빠가 뒷걸음치고 있었다.

용무쌍은 그런 락빠에게 뒤따라 붙어 주먹을 연방 내질러 소나기처럼 쏟아 부었다.

락빠는 피가 나도록 이를 악물고, 마주 손을 내밀었다.

파파파파파파파팍—

수십 개의 손바닥과 주먹이 마주치며 작은 북을 두드리

는 소리가 비무대를 울렸다.

그러나 손바닥은 주먹의 속도를 따라가지 못했다.

퍽!

락빠가 가슴을 얻어맞고 뒤로 붕 날아가 나뒹굴었다.

그는 바닥을 손으로 내리치며 그 반탄력을 이용해 벌떡 일어났다.

금방이라도 다시 뛰어나갈 듯했던 락빠는 그대로 꼼짝하지 않았다.

입가를 타고 가느다란 핏물이 흘러내렸다. 거친 호흡을 따라 어깨가 격렬하게 들썩였다.

그의 눈동자는 분노와 흥분으로 불타오르고 있었다.

그는 처음 비무에 임했을 때와 다름없이 차분한 표정으로 양팔을 늘어트리고 있는 용무쌍을 향해 말했다.

"성주. 강하다. 나 졌다."

락빠는 소매로 피를 닦아 내고, 정중히 합장을 했다.

용무쌍은 마주 포권을 했고, 락빠는 비무대 아래로 내려갔다.

와―!

군중들은 벌떡 일어나 박수를 치고, 환호했다.

짜고 치는 비무이고, 결과가 뻔히 정해진 거라고 불만스러워하던 이들도 예외가 아니었다.

용무쌍의 진정한 실력을 모르던 고수들도 놀라고, 당혹스러운 표정들이었다.

그러나 장본인인 용무쌍은 아무런 동요도 없이 담담할 뿐이었다.

조이몽이 일어나 손을 내저으며 환호를 가라앉히고 소리쳤다.

"다음 사람 나서시오."

기다렸다는 듯이 장년인 한 명이 비무대에 올랐다.

일월신창 손격이었다.

그는 몸이 다부졌지만. 키가 평균보다 작았다.

체형에 비례하여 어깨에 걸친 창이 길었고, 초승달 모양의 창날은 너무 컸다.

마치 아이가 어른의 무기를 들고 있는 것처럼 느껴질 정도였다.

키가 평균 이상으로 커다란 용무쌍과 비교가 되었기에, 이를 두고 농담을 하며 웃는 이들도 있었다.

하지만 손격이 어깨를 으쓱이며 창을 튕겨 올렸다가 앞쪽으로 떨어지는 창대를 움켜잡고 용무쌍을 겨눈 순간, 누구도 그런 생각을 하지 않게 되었다.

창과 몸이 하나가 된 것처럼 그의 전신에서 서릿발 같은 기세가 매섭게 발산되었기 때문이다.

가히 물아일체의 경지.

오감이 뛰어난 고수들이 그 기세를 감지한 건 당연했고, 하수들과 비무대 주변의 보통 사람들도 반사적으로 피부에 소름이 돋아 어깨를 움츠릴 정도였다.

손격은 묵직한 저음으로 말했다.

"최선을 다하겠소."

용무쌍은 오른발을 뒤로 빼고, 왼 주먹을 앞으로 내밀며 고개를 끄덕였다.

"바라던 바입니다."

손격은 한 걸음씩 앞으로 천천히 움직였다.

두 사람 사이의 간격은 넉 장가량.

창의 길이가 한 장가량.

손격이 세 걸음을 내딛자 용무쌍이 창날의 영향권 안으로 들어왔다.

쉭—

창대 끝을 잡은 오른손 팔꿈치의 짧은 반동만으로 남은 간격이 사라지고, 용무쌍의 가슴을 매섭게 찔러 들어갔다.

용무쌍은 피하지 않았다. 오히려 앞으로 나서며 상체를 아래로 숙였다.

거기에 그치지 않고 창대를 등 뒤로 흘려보내고 일어나며 한 걸음 전진했다.

손격은 창대를 옆으로 휘둘렀다.

용무쌍은 상체를 다시 숙였다.

손격은 창대를 곧장 내리쳤다.

용무쌍은 옆으로 움직이며 어깨 옆으로 흘려보내고 다시 앞으로 전진했다.

단순한 동작의 공방이었다.

그러나 지켜보는 군중들은 숨도 제대로 쉬지 못할 만큼 긴장하며 지켜봤다.

창대와 몸이 스치듯 가까웠고, 공방의 속도가 눈을 깜빡인 순간 놓쳐버릴 만큼 빨랐기 때문이었다.

이대로는 지척까지 접근하게 될 상황이 되자 손격은 창대를 팽이처럼 돌리며 원형으로 뒷걸음쳤다.

용무쌍은 상체를 위아래로 숙였다 펴기를 반복하며 창대를 피하고, 계속 전진해 나갔다.

마치 서로 손발을 맞추어 틈 없이 공방을 이어가는 경극의 한 장면처럼 두 사람은 비무대를 드넓게 사용하여 숨 가쁘게 움직였다.

손격은 이런 식으로 떨쳐내는 건 힘들다고 판단하고 창대를 아래로 크게 내리치며 끌어당겼다.

용무쌍은 옆으로 한 걸음 옮겨 땅을 차고 몸을 띄웠다.

허리 높이에서 길게 몸을 늘어뜨리자, 그의 배 아래로 창날이 서늘한 기음을 내지르며 지나갔다.

 창대는 목을 중심으로 둥글게 돌았다가 어깨에 걸쳐져 절반보다 못한 길이로 용무쌍을 겨누었다.

 손격은 몸을 낮추고 창대를 빠르게 밀어냈다.

 쉬쉬쉬쉬쉬쉭—

 일순간 수십 개의 초승달 그림자가 공간을 가득 채우며 용무쌍을 덮었다.

 용무쌍은 뒤로 물러났다.

 한 걸음씩, 그리고 그때마다 주먹을 내질렀다.

 퍼퍼퍼퍼퍼펑—

 권력에 부딪친 초승달이 연방 터져 나가고, 사이에 아무것도 남지 않았을 때, 두 사람의 신형은 비무대 중간에 머물러 있었다.

 쿵!

 용무쌍은 지체 없이 왼발을 앞으로 내디디며 무겁게 짓누르고, 오른 주먹을 내질렀다.

 무형의 권력이 공간을 격하며 뻗어나갔다.

 너무도 빨라 피할 사이가 없었던 손격은 급히 창을 앞으로 당기며 창대를 팽이처럼 휘돌렸다.

 펑!

 손격은 뒤로 주르륵 물러났다.

용무쌍은 오른발을 내디디며 왼 주먹을 내질렀다.

펑!

손격은 계속해서 창대를 돌리며 막고, 밀려났다.

용무쌍은 다시 왼발을 내디디며 오른 주먹을 뻗었다.

펑 펑 펑 펑 펑!

두 사람은 그렇게 몇 번이나 반복하고, 어느덧 손격은 더이상 뒤로 물러날 공간이 없는 처지가 되었다.

권력이 날아왔다.

그는 창대를 좌우로 크게 돌리며 권력을 쳐내고 옆으로 몸을 뺐다.

그리고 바닥을 차고 공중으로 높이 뛰어올라 창대를 들었다가 아래로 내리쳤다.

후앙—

공간을 강하게 때리는 듯한 울림과 함께 창날에서 기파가 빨랫줄처럼 길게 늘어지며 용무쌍을 향해 떨어졌다.

용무쌍은 손을 모아 쥐고 위로 올렸다.

쾅—

굉음과 함께 용무쌍의 신형이 들썩였다.

그의 발은 석판을 으깨고 복사뼈까지 파고들어가 있었다.

그사이 바닥에 내려선 손격은 공력을 최대한으로 끌어올

려 창대에 몰아넣으며 좌우로 크게 휘둘렀다.

이전보다 더 진하게 빛나는 기파가 길게 늘어지며 용무쌍의 허리를 향해 뻗어나갔다.

용무쌍은 뒤로 쓰러졌다.

등이 바닥에 닿을 듯 넘어가고, 기파가 코앞을 쓸고 지나갔다.

용무쌍은 발목의 힘만을 이용해 그대로 벌떡 일어났고, 다시금 기파를 뽑아내 내리치려는 손격을 향해서 무겁게 주먹을 내질렀다.

우우웅—

메아리와 같은 진동음과 함께 주먹에서 또렷한 형태의 새하얀 기파가 뻗어나갔다.

손격은 기파를 뽑아낼 여유가 없음을 인식하고, 그대로 창날에 기파를 응집시켜 내리쳤다.

광—

공간을 떨어 울리는 충돌음과 파장이 비무대 밖까지 퍼져 나가며 눈도 깜빡하지 않고 바라보던 군중들을 휩쓸고 지나갔다.

앞쪽에 앉은 사람들은 그 압력을 이겨내지 못하고 뒤로 쓰러지고, 뒤쪽의 사람들은 고개를 숙이며 팔로 머리를 감쌌다.

하지만 그들은 급히 일어나 앉고, 서둘러 팔을 치우며 고개를 들었다.

"아!"

두 사람 모두 서 있었다.

하지만 용무쌍은 두 다리로 굳건하게 서 있고, 손격은 창대로 바닥을 짚고 버티는 중이었다.

누가 봐도 결과는 명확했고, 낮게 가라앉은 손격의 한마디로 승패가 결정됐다.

"졌소."

와—!

거대한 함성이 파도처럼 비무대 주위로 퍼져나갔다.

군중들은 정신이 나간 듯 소리를 지르고, 손뼉을 치며 열광했다.

예상치 못한 명승부와 용무쌍의 환상적인 실력에 모두가 놀라고 경악했다.

'용 성주가 저리 강했어?'

'소문이 진짜였던 거야?'

'이건 소문 이상이잖아.'

'저 젊은 나이에 저런 경지라니.'

'백마인과 흑마녀가 호법으로 들어간 게 다 그만한 이유가 있었구만.'

'돈 많고, 거느린 세력도 크고, 무공실력까지 뛰어나다니. 이건 완전히 사기잖아.'

사람들은 용무쌍을 다시 보게 되었고, 그에 대한 평가를 새로 하게 되었다.

"좋은 공부가 되었습니다."

용무쌍이 먼저 포권하고, 손격도 마주 인사를 한 뒤 비무대 아래로 내려갔다.

다시 조이몽이 일어났다.

"마지막 참가자 나서시오."

연이은 명승부에 흥분한 사람들은 두리번거리며 감보철을 찾았다.

그런데 락빠와 손격처럼 바로 나타나질 않았다.

"어디 있는 거야?"

"호북에서 손꼽히는 후기지수라는데, 어서 나와서 실력을 보여 보라고!"

사람들이 소리쳐 감보철의 등장을 재촉했다.

"도망갔네."

비웃듯 작게 중얼거리는 소리에 녹림소룡 원훈은 옆을 쳐다봤다.

담미가 기다릴 것도 없다는 듯 비무대에서 시선을 거두며 당과를 아작아작 씹었다.

"무슨 소리요?"

"딱 보면 모르겠어요? 이길 자신이 없으니까, 도망쳤다는 거죠."

"그럴 리가 없소."

"왜 없어요?"

"일월신창과 파육화상도 졌으니, 설사 패하더라도 아무도 그를 탓하지 않을 거요. 그리고 무엇보다 싸우지도 않고 도망을 치면 비아냥거림이 평생 그를 따라다니게 될 테고, 문파는 굴욕 속에서 쇠락하게 될 것인데, 바보가 아닌 이상에 그런 무리수를 둘 리가 없소."

"흥, 그건 하나만 알고 둘을 몰라서 하는 소리에요."

"내가 모르는 둘이 뭐요?"

"묵검장에 대한 소문을 들어보았나요?"

"어떤 소문 말이오?"

"묵검장의 장주 감능양의 별호가 뭐죠?"

"무용검이오."

"그 무용의 뜻이 뭔 줄 알아요?"

"날 바보로 아시오? 무예와 용맹이잖소."

"그거야 앞에서 하는 이야기고, 뒤에서는 춤을 춘다는 의미로 통하고 있어요. 감보철의 별호인 파사검 역시 마찬가지예요. 앞에서는 간사함을 깨트린다는 의미로 쓰지만,

뒤에서는 물결처럼 춤을 춘다는 의미로 부르죠. 왜인 줄 아나요?"

"짐작도 못 하겠소."

"묵검장의 비전 제작 방법을 통해서만 만들고, 직계만이 가질 수가 있다고 하는 흑검(黑劍) 때문이죠. 그 흑검은 지남철(指南鐵)이라고 하는 독특한 쇠로 만들어요. 황제가 치우천황과 맞서기 위해 만든 지남거의 재료가 지남철이죠. 여하튼, 그래서 흑검은 쇠로 만들어진 무기에 영향을 미쳐요."

"어떻게 말이오?"

"미묘한 차이로 쇠를 끌어당기거나, 밀어내는 거죠. 물론, 눈에 확 띌 정도는 아니에요. 하지만 실전에서 자신의 무기가 자신이 원했던 대로 정확히 움직이지 않게 되면 어찌 될까요?"

"초식이 엉망이 되겠지."

"그래요, 티끌만 한 실수로도 목숨이 왔다 갔다 하는 실전에서는 치명적이죠. 그래서 무용검과 파사검이 쇠로 만든 무기를 지닌 고수만 상대한다는 이야기가 있고, 무기의 이점 덕분에 본래의 실력 이상의 명성을 얻었다는 소문이 있어요."

"신병이기를 지닌 것도 능력이고, 그 능력으로 명성을

쌓은 게 무슨 문제가 되겠소."

"맞아요. 좋은 무기를 가진 것도 실력인 거죠. 하지만 문제는 그 무기가 쓸모 있을 때와 없을 때가 확연하게 구분된다는 데 있어요."

"용 성주가 무기를 사용하지 않으니, 흑검으로 실력을 발휘할 수가 없다는 거요?"

"그래요."

"하지만 그렇다고 해도 싸우지 않고 도망치는 것보다는, 싸우고 패하는 게 덜 굴욕이잖소."

"그거야 일월신창과 파육화상처럼 사람들이 인정할 만큼 선전을 하고 패했을 때나 할 수 있는 말이죠. 만약 제대로 공격도 못 하고, 몇 수만에 치욕스럽게 박살이 나도 사람들이 잘 싸웠다고 인정해 줄까요?"

원훈은 침묵으로 대답을 대신했다.

"소문이 진실이라 확인시켜 주고, 돌이킬 수 없는 굴욕적 패배를 당하는 것보다는, 나중에 어떻게든 핑계를 만들어 나서지 못한 그럴듯한 사정이 있음을 주장하는 게 문파의 흥망을 생각하면 더 나을 수가 있는 거죠."

"하지만……."

"파사검이 혼자 결정할 문제가 아니라고요? 맞아요. 사문의 존폐가 걸려 있으니, 그가 혼자 결정할 순 없죠. 그러나 그의 부친은 가능하잖아요."

"묵검장 장주가 여기에 왔소?"

"멀찍이 떨어져 있는 걸 봤어요. 하지만 시선을 교환하고도 남을 거리였죠. 아마도 젊은 혈기의 파사검은 나서고 싶었을 것이나, 부친이 막았을 게 분명해요. 그리고 얼굴 팔리기 전에 얼른 자리를 떠났겠죠."

원훈은 복잡한 표정을 지었다.

'만약 내가 파사검과 같은 입장이었다면 어찌 되었을까.'

부친의 명령을 거부했을 거란 확신이 들지 않았다.

담미가 마지막 남은 당과를 입에 쏙 넣고 으적으적 씹어 삼키고는 말했다.

"어쨌든, 용 성주의 승리가 확실해졌네요. 무림에 확실한 인상을 심어줬고, 가뜩이나 높아진 명성이 하늘을 찌르게 됐어요. 아, 정말 아깝다."

"뭐가 아깝다는 거요?"

"지금 딱 나서서 용 성주를 패배시키면 이목을 단번에 끌어모을 수가 있잖아요. 용 성주가 가지게 될 명성까지 받아먹을 수도 있는 거고."

"명성은커녕 지금 나서면 욕을 먹을 거요."

"왜요?"

"힘이 다 빠진 상대를 이긴 것인데, 자랑할 일이 아니잖소."

담미는 깔깔거리며 웃었다.

"하하하, 그게 무슨 개 풀 뜯어 먹는 소리에요. 기권자가 나올 때 나설 수 있다는 게 규칙 중 하나예요. 물론, 용 성주가 받아들여야 성립이 가능하지만, 계속 공정함을 강조했으니, 거부할 수가 없겠죠."

"……"

"그리고 이번 대회의 모든 비무가 다 그런 식으로 흘러가게 될 게 분명해요. 물론, 용 성주만큼의 충격적인 등장과 활약을 하기가 힘들어 또다시 기권자가 나올지는 알 수가 없죠. 하지만 그런 경우는 예외로 두고, 기본적인 규칙에 따라 어떻게든 가장 늦게 나서서 힘이 빠진 상대를 이겨 힘의 소모를 최소화한 뒤에, 다음 단계로 넘어갈 기회만 노릴 텐데, 누가 욕을 해요. 결국, 자기 얼굴에 침 뱉기에 불과한 짓인데."

파사검에 대한 이야기를 할 때부터 흥미롭게 듣고 있던 주변 사람들이 고개를 끄덕이며 공감을 표시했다.

"이런 절호의 기회를 날리다니. 나 같았으면 벌써 나서서 한판 신나게 싸워……"

"잠시 실례하겠소."

원훈은 갑자기 사람들을 헤치며 급히 비무대 쪽으로 다가갔다.

담미는 미소 지었다.

'역시 모든 게 주군의 예상대로 흘러가는군. 녹림소룡, 주군과 비무할 기회가 아무에게나 주어지는 건 아니니까, 열심히 싸워보라고.'

* * *

"묵검장의 소장주 파사검 감보철 소협은 없는 거요? 셋을 셀 때까지 나서지 않으면 기권으로 처리하겠소."

조이몽이 셋을 다 셌지만, 결국 감보철은 모습을 드러내지 않았다.

"그럼, 일 조 예선은 이것으로……."

"용 성주께 도전하겠소!"

조이몽의 시선이 소리가 들려온 군중 사이로 향했다.

원훈이 사람들의 주목을 받으며 비무대로 올랐다.

"이름을 밝히시오."

"나는 용호채의 부채주 녹림소룡 원훈이오."

웅성웅성—

'용호채라면 녹림회 십육강천채 서열 일 위의 산채잖

아?'

'저 사람이 녹림회 회주의 아들이야?'

'그럼, 여기에 녹림회 회주가 와 있는 건가?'

'녹림도 참여가 가능했어?'

'그럼 수적들도 참가했나?'

원훈에 대한 이야기보다 그 외적인 의문과 논란으로 더 소란스러웠다.

그래서 원훈은 내심 씁쓸한 미소를 지었다.

'멀어도 너무 멀었군.'

부친의 이름을 넘어서기 위한 길은 그의 짐작보다 더욱 멀다는 걸 깨달은 것이다.

'그러하기에 이 비무가 반드시 필요하다.'

용무쌍을 이기면 등에 날개를 달게 된 것처럼 먼 길을 순식간에 가로질러 종점에 다다를 수 있을 것이었다.

조이몽은 대진표가 수록된 책을 꺼내 들고 원훈의 이름을 찾았다.

"대진표에 따르면 용호채의 부채주는 팔십칠 조에 속하는데, 벌써 참여하겠다는 거요?"

"용 성주께서 거절치만 않는다면 참여하겠소. 물론, 싸울 여력이 없어 받아들이지 않는다고 해도 불만이 없소이다."

하지만 용무쌍을 향한 시선이나 표정, 그리고 말투 자체가 거절하기 곤란하게 느껴질 만큼 도전적이었다.

용무쌍은 소매를 가볍게 털고, 포권을 취했다.

"규칙에 따르면 기권자가 있는 조에 참여를 요청하는 것은 당연한 권리. 아직 싸울 만한 힘이 남아 있으니, 녹림소룡께서 원하신다면 받아들이겠습니다."

"당연히 원하오."

용무쌍은 조이몽에게 고개를 끄덕여 보였고, 조이몽은 세필을 받아 팔십칠 조에 적힌 원훈의 이름을 죽 그어버리고, 일 조 가장 밑에 새로 적었다.

"녹림소룡 원훈과 대용성 용무쌍 성주는 비무를 시작하시오."

와―!

감보철의 기권으로 실망했던 군중들은 흥분에 찬 함성을 질렀고, 용무쌍과 원훈은 각자 자세를 잡았다.

양손에 철곤을 꺼내 든 원훈은 탐색할 생각조차 하지 않았다.

'용 성주의 실력은 충분히 확인했다.'

두 번의 비무 동안 눈도 깜빡하지 않으며 단 하나의 동작도 놓치지 않고 지켜봤다.

그리고 모두 기억했다.

'체력과 기력, 준비된 상황으로 따지면 내가 우세하다.'

철곤 하나는 앞으로 다른 하나는 뒤쪽으로 숨기며 몸을 낮췄다.

'십 초식 안에 끝낸다.'

바닥을 무겁게 짓누르며 앞으로 뛰어나갔다.

좌우로 오가며 시야를 어지럽히지도 않고 일직선으로 달려가 내밀었던 철곤을 당기며 뒤로 숨겼던 철곤을 내리쳤다.

단순하지만 그만큼 빠르고, 힘이 철곤에 집중되어 엄청난 파괴력을 지닌 공격이었다.

용무쌍은 어깨를 틀어 피했다.

당겨졌던 철곤이 틈 없이 튀어나와 틀어진 어깨를 향해 떨어졌다.

용무쌍은 물러나지 않고 어깨를 앞으로 내밀고 위로 쳐올렸다.

원훈은 내리치던 철곤을 옆으로 비틀었다.

그대로 내리쳤다가는 손목이 어깨와 격돌하며 부러질 수 있었기 때문이다.

하지만 이런 식의 반격을 예상하지 못한 건 아니었다.

'물러나면 기세를 빼앗긴다.'

그는 오른 무릎을 세우며 위로 쳐올렸다.

몸을 낮춘 채로 더욱 바짝 밀고 들어오려던 용무쌍은 양팔을 십자로 모아 가슴을 막았다.

퍽!

그의 신형이 들썩이며 한 치쯤 위로 떠올랐다.

반격의 기회를 얻은 원훈은 왼팔을 뒤쪽으로 크게 돌려 용무쌍의 머리를 내리쳤다.

용무쌍은 왼쪽으로 상체를 틀어 피했다.

흥―

묵직하고 빠르게 공간을 휘돌리는 소리에 이어 왼팔이 사라지고, 오른팔이 크게 돌아 머리 위에서 떨어졌다.

광마십산곤 일식 회유재회였다.

용무쌍은 급히 팔을 위로 들어 머리를 막았다.

캉―

'쇠?'

철곤과 팔이 부딪쳤는데, 쇳소리가 나자 원훈의 얼굴이 굳어졌다.

'소매 안에 철토시를 차고 있구나.'

속은 기분이 들었고, 배신감까지 들었다.

'아니다. 상관없다.'

그는 연이어 철곤을 내리쳤다.

캉캉캉―

'막을 수 있으면 계속 막아봐라! 철토시가 부서지고, 팔이 부러질 때까지 내리쳐줄 테니까!'

원훈이 철곤을 내리치는 속도는 점점 빨라지고, 용무쌍은 팔을 올려 막으며 계속 뒷걸음쳤다.

캉캉캉캉—

'어떻게 된 거야?'

'왜 꼼짝도 못 하지?'

'힘이 빠졌나?'

'녹림소룡이 저리 강했나?'

일방적으로 밀리는 용무쌍의 모습에 군중들은 의아해하고, 혼란스러워했다.

'설마 락빠와 손격이 고의로 진 건가? 그 엄청난 비무가 모두 가짜였어?'

군중들이 극단적인 의문을 떠올릴 때, 원훈 역시 비슷한 생각을 하고 있었다.

'약하다 약해. 이런 자에게 락빠와 손격이 진심으로 졌을 리가 없어. 짜고 한 비무였던 거야.'

그는 신이 났고, 비무가 끝난 후 집중될 환호와 박수를 떠올렸다.

무엇보다 이후 승승장구하여 영웅대회의 승자가 되고, 모든 이들이 부친의 이름보다 그의 이름을 먼저 떠올리는 걸 상상했다.
 '내가 최고……?'
 원훈의 눈동자에 당혹감이 어렸다.
 용무쌍의 손목을 가린 소매가 철곤의 충격을 견디지 못하고 으스러지며 흩어지고 살이 드러났다.
 그런데 철토시가 보이질 않았다.
 '철토시를 차지 않았어?'
 대신 하얀빛이 은은하게 빛나며 팔목을 둘러싸고 있었다.
 '강기?'
 캉—
 그의 정신을 일깨우듯 철곤이 손목을 때리며 쇳소리가 울렸다.
 그리고 뒷걸음치던 용무쌍이 갑자기 우뚝 멈춰 서며 양팔을 위로 연달아 밀어 올렸다.
 카캉!
 철곤이 팔목을 때렸다.
 그러나 힘이 충분히 실릴 정도로 깊이 내리치질 못했고, 그만큼 위력도 약해졌다.
 아니, 상황 자체가 때렸다기보다 막혔다고 해야 할 상황이었다.

'반격할 기회는 주지 않는다.'

원훈은 가능한 최대의 양으로 공력을 끌어올리고, 철곤을 휘두르는 속도를 더욱 빨리했다.

하지만 용무쌍이 팔을 밀어 올리는 힘과 기세, 속도는 그 이상으로 증가했고, 두 사람 사이에 철곤이 휘둘러지는 간격이 급격히 줄어들었다.

카카카카카카캉—

철판을 격렬하게 때려대는 듯한 소리가 비무대에 울려 퍼졌다.

그러나 상황이 역전되어, 용무쌍은 앞으로 걸음을 내딛고, 원훈은 뒤로 물러나기 시작했다.

'안 돼, 이대로 밀리면 끝이다.'

원훈은 이를 악물었다.

그리고 급히 오른쪽으로 돌아 움직이며, 엇갈려 돌리던 팔을 동시에 번쩍 치켜들었다가 내리쳤다.

파파파파파파팡—

공간을 매섭게 후려치며 수십 개의 철곤이 만들어져 용무쌍의 상체를 휘몰아쳤다.

광마십산곤 이식 육곤탐혼이었다.

용무쌍은 오른발을 뒤로 빼고 주먹을 말아 쥐며 철곤을 향해 내질렀다.

깡— 깡깡깡깡깡—

쇠몽둥이로 쇠몽둥이를 때리는 듯 묵직한 쇳소리가 시끄럽게 울렸다.

용무쌍의 주먹이 철곤의 그림자를 하나하나 쳐내며 깨부수는 소리였다.

까강— 까강—

어느 순간부터 쇠가 우그러드는 소리가 터져 나왔다.

주먹과 부딪친 철곤의 중심 부위가 구부러지기 시작했다.

'크윽!'

철곤을 쥔 원훈의 손에서 피가 흘러내렸다. 손아귀가 찢어졌기 때문이었다.

그는 신음을 삼키며 고통을 견뎌내려고 했다.

그러나 몸이 의지를 따라가지 못했다.

갑자기 휘두르는 팔의 무게가 가벼워지고, 반쯤 우그러들고 구부러진 두 개의 철곤이 그의 손을 떠나 앞뒤로 날아가 비무대를 시끄럽게 뒹굴었다.

"헉, 헉, 헉, 헉……."

원훈은 거친 호흡을 내쉬며 팔을 내렸다.

찢어진 손아귀에서 핏물이 뚝뚝 떨어지며 비무대를 물들였다.

그는 상체를 낮게 수그리고, 양 주먹을 길고 짧게 내민 자세로 그를 노려보던 용무쌍을 멍하니 바라보다 고개를 숙였다.

"졌소."

와—!

함성 속에서 조이몽이 외쳤다.

"대용성 성주 용무쌍, 백이십삼강 진출 확정!"

용무쌍은 자세를 바로 하고 원훈에게 포권을 했다.

원훈은 힘없이 마주 포권을 하고 비무대 아래로 내려갔다.

와—!

와와—!

용무쌍은 진정될 기미도 없이 점점 커져만 가는 함성 속에서 동서남북, 군중들을 향해 정중히 머리를 숙였다.

*　　*　　*

대용성 외곽 임시숙소로 설치된 수많은 천막들 중에서도 특히 거금을 내야만 빌릴 수 있는 커다란 천막 안에서 원훈이 걸어 나왔다.

원훈은 몇 걸음 걷지 않고 천막을 돌아보았다.

방금 전 부친이 그의 어깨를 두드리며 한 말이 떠올랐다.

괜찮다.

원훈은 생각했다.
'정말 괜찮으신 걸까?'
이제까지 부친의 언행과 그를 대하는 모습 등을 감안하면 진심일 것이었다.
'하지만……'
그가 괜찮지 않았다.
'나는 반드시 이겼어야 했다.'
용호채의 부채주로서, 녹림회 회주의 아들로서 그는 승리가 절실히 필요했다.
'담 채주의 말만 듣지 않았다면……'
본래 순번에 따라 팔십칠 조에서 싸웠다면 바람대로 승자가 되었을지도 모를 일이었다.
'최소한 그리 처참하게 무너지진 않았겠지.'
나름의 활약을 펼쳐 녹림의 이름에 먹칠을 하는 상황은 만들지 않았을 것이었다.
'담 채주만 아니었다면……'
담미가 원망스러웠다.

하지만 곧 고개를 내저었다.

'남에게 책임을 떠밀 것도 없다. 내 가벼운 귀가 문제였고, 내 욕심이 만들어낸 오판이었어.'

돌이켜 떠올릴수록 고통스러웠다.

생각할수록 미쳐버릴 것 같았다.

부친과 달리 불만 가득한 표정을 한 채, 욕이라도 퍼붓고 싶은 걸 꾹 참고 있던 다른 십육강천채 채주들의 시선이 송곳이 되어 심장에 박힌 듯 괴로웠다.

그는 천막에서 최대한 멀리 떨어지고 싶었다.

그를 알아볼 사람들을 피해 숨고 싶었다.

'그냥 떠날까.'

일단 걸었다.

천막에서 멀리, 사람들이 없는 곳을 찾아서.

그런데 길게 늘어선 천막을 가로질러 가려는 그의 앞을 한 사내가 막아섰다.

'울고 싶은데, 뺨을 맞게 되는 건가.'

하지만 오늘만큼은 소란을 일으키고 싶지 않았다.

그래서 옆으로 비켜서 지나가려고 했지만, 사내가 다시 막아섰다.

"죽고 싶지 않으면, 꺼져."

사내는 순순히 옆으로 물러났다.

하지만 지나가려는 그를 말 한마디로 멈춰 세웠다.

"강해질 수 있습니다."

"뭐?"

"절 따라오시면 강해질 기회를 얻게 될 겁니다. 하지만 지금 그대로가 좋다면 신경 쓰지 말고 그냥 가시면 됩니다."

'별 거지 같은 소리를……'

하지만 무시하고 걸어갈 수가 없었다.

강해질 기회, 라는 말이 머릿속을 가득 채워 발목을 꽉 움켜잡고 움직이지 못하게 만들었다.

"넌 누구냐?"

"이름을 밝힐 주제도 되지 못합니다. 그저 윗분의 지시를 받아 명을 전할 뿐입니다."

"……"

"이쪽입니다."

사내는 원훈의 대답을 들은 것도 아닌데, 그대로 걸음을 옮겨 골목으로 들어갔다.

원훈은 잠시 머뭇거리다 주먹을 꽉 쥐고 사내를 뒤쫓았다.

* * *

원훈은 사내를 따라 골목을 이리저리 돌았다.

한 식경쯤 걸어 인적이 없는 곳에 이르렀다 싶었더니, 피풍의를 걸치고 복면을 쓰게 했다.

틈 하나 없는 안대를 채워 앞도 보지 못했다.

사내가 손에 쥐여준 줄을 잡고서 다시 한 식경을 걸었고, 계단을 통해 지하로 내려갔다.

꽤 밑으로 내려가고, 긴 통로를 걸었다.

끝에 다다랐고, 철문이 열리고, 공간이 확 트인 공간으로 들어섰다.

주위에 인기척이 느껴졌다. 기척이 조심스럽고, 매서운 기세가 느껴지는 걸 보면 무림인들이었다.

안대가 벗겨졌다.

그리고 안내했던 사내는 그대로 존재감 없이 뒤로 사라졌다.

어두웠다.

그러나 익숙해지는 데 오래 걸리지 않았다.

일천 명 정도가 편히 모여 앉아도 될 만큼 넓은 지하 광장이었다.

내부를 장식하는 문양 하나 없고, 사방에 뚫린 수십 개의 철문과 천장을 지지하고 버텨낼 수십 개의 돌기둥만 있었다.

'육십삼.'

그 자신까지 합하면 피풍의를 걸치고, 복면을 하여 신분을 감춘 사람이 모두 육십사 명이었다.

그들 모두 이 상황을 이해하기 위해서 열심히 눈을 굴리고 있었다.

크르르릉—

중앙 쪽, 철문이 없는 벽에서 돌이 움직이는 소리와 함께 벽이 뒤로 빠지며 통로가 생겨나고, 사람 한 명이 걸어 나왔다.

그 역시 복면을 했다. 하지만 피풍의를 하고 있지는 않아서 체형이 그대로 드러났다.

사내였다. 키가 매우 컸다. 그러나 탄탄한 느낌이 없이, 마르고 구부정했다.

복면에 가려진 원훈의 얼굴이 굳어졌다.

체형이 눈에 익숙했다.

한 사람의 이름이 떠올랐다.

'용무쌍.'

그리고 의문이 생겼다.

'왜?'

그는 앞으로 걸어갔다.

그 말고도 몇 명이 움직였다. 나머지도 잠시 망설이다가 뒤따라 걸었다.

용무쌍이 뒤쪽 벽을 손으로 눌렀다.

그르르르—

기관이 작동하고, 쇠줄이 당겨지고 돌아가는 소리와 함께 그가 서 있던 바닥이 위로 올라가 한 장 높이의 단상이 되었다.

원훈을 비롯해 모두가 걸음을 멈췄다.

일단 기관음 때문에 가까이 다가가는 게 꺼림칙했고, 용무쌍을 올려다보려면 적당한 거리를 두고 있는 게 나았기 때문이다.

"모두 의문이 크시리라 짐작이 됩니다. 또한 우려와 걱정도 많으시겠지요. 그 마음을 풀어드리고자, 먼저 나의 정체를 밝히겠습니다."

용무쌍은 복면을 벗었다.

"아!"

일제히 탄성을 터트렸다.

일부는 원훈처럼 짐작했고, 일부는 예상도 못 했지만, 놀라기는 마찬가지였다.

"나는 대용성의 성주로 여러분 앞에 선 것이 아닙니다."

"……?"

"나는 팔진문의 문주로서 여러분을 만나고 있는 것입니다."

원훈은 놀랐다.

'팔진문이라고? 그 전설의 팔진문?'

그는 참지 못하고, 하지만 신분이 드러날 것을 우려해 목소리를 변조해서 물었다.

"옛이야기에서나 들어온 이름이고, 보지도 못한 문파요. 실존했었는지도 의심이 되는 문파인데, 당신이 팔진문의 후예임을 어떻게 믿으란 말이오."

용무쌍은 말없이 왼손으로 오른 손목을 잡고 손을 펼쳐 내밀었다.

곧 황금색 불꽃이 피어올라, 새의 형상을 만들었는데, 다리가 세 개였다.

조이몽 등에게도 보여 주었던 것처럼, 동방진기로 삼족오의 형상을 만들어낸 것이다.

모두 듣도 보도 못한 광경에 놀라 눈을 휘둥그레 떴다.

"이것은 팔진문의 문주만이 보여줄 수 있는 표식입니다. 그러나 여러분 중에 이러한 사실을 아시는 분은 없겠지요."

용무쌍은 진기를 거두어 삼족오를 없앴다.

"그러나 이는 중요하지 않습니다. 나는 팔진문의 문주임을 인정받고자 하는 게 아니라, 설명을 하기 전에 내 신분을 밝히려 한 것이니까요."

그는 팔진문에 대해서, 그리고 팔진문이 가장 최근에 무림을 위해서 해왔던 일들, 그리고 알려지지 않은 몇 가지 비밀들과 자신이 어떻게 팔진문의 문주가 되었는지에 대해서 이야기했다.

이야기가 끝나자, 어쩌다 보니 모인 이들의 대변인이 되어버린 원훈이 물었다.

"놀라운 이야기들이오. 하지만 우리가 궁금한 것은, 우리를 이곳으로 모이게 한 이유요."

"여러분이 이미 아는 사실에 대한 대답이 필요한가요?"

원훈은 움찔했다.

다른 복면인들도 비슷한 반응을 보였다.

'저들도 나처럼 강해지고 싶어서 왔구나.'

그렇다면 빙빙 돌려서 물을 필요가 없었다.

"나를, 아니, 우리에게 어떤 식으로 강해질 기회를 주겠다는 거요?"

"무림인에게 강해질 방법이란, 두 가지밖에 없지요. 현재 여러분이 익힌 것보다 더 강한 무공의 비급과 내공을 단기간에 증진시킬 수 있는 효능을 지닌 단약을 드리겠습니다."

"정말 줄 수 있소?"

"비급은 당장 드릴 수 있고, 단약은 일 년 후에나 드릴 수 있습니다."

원훈은 믿기가 힘들었지만, 믿고 싶었다.

하지만 그는 행운이란 게 거저 얻어지는 게 아님을 알았다.

"우리에게 바라는 게 뭐요?"

"비급의 무공을 익히고, 단약을 복용해 공력을 키워서 지금 이상으로 강해지십시오. 그리고 북혈성의 남하에 맞서고, 그들이 완전히 무너질 때까지 싸우십시오."

"그게 다요? 충성이나, 당신을 강남무림맹의 맹주로 추대해달라거나, 하는 다른 요구가 또 있는 거 아니오?"

"없습니다. 다만……."

용무쌍은 입술만 움직여 가늘게 미소 지었다.

"지금 주어진 행운을 이용해서 상식적으로 용납되기 힘든 악독한 활동을 하거나, 약속을 어기고 나와 팔진문, 그리고 강남무림을 배반한다면 행운은 지체 없이 다시 회수될 것입니다. 자신의 목숨을 비롯하여 소유하고 있던 모든 것들과 함께."

모두 반사적으로 어깨를 움츠렸다.

강력한 기파를 발산하거나, 매섭게 고함을 친 것도 아닌데, 심장을 꽉 조이는 두려움이 그들을 압박했던 것이다.

"제안을 거절할 분이 있나요?"

원훈이 입을 열었다.

"마지막으로 한 가지만 더 묻겠소."

"무엇입니까?"

"왜 나요?"

그건 원훈을 비롯한 모두가 느끼는 의문이었다.

용무쌍은 복면인들을 한 번씩 쳐다봤다.

"당신들은 모두 일차 예선에서 탈락했습니다."

복면에 가려진 원훈의 얼굴이 일그러졌다.

다른 이들도 마찬가지였다.

복면 속에 짙은 패배감과 굴욕감, 그리고 좌절감에 상처 입은 표정을 지었다.

"약합니다."

"……"

"많이 부족합니다."

"……"

"하지만……"

"……?"

"그만큼 성장할 가능성이 높습니다. 당신들은 더 높은 경지로 올라설 재능을 가졌음에도 기회를 얻지 못했고, 그래서 선택되었습니다. 내가 당신들에게 줄 무공은 이제까지 느꼈던 좌절감과 오늘 너무도 절실하게 느꼈던 강해지고자 하는 갈증에서 벗어나게 해 줄 것입니다. 그러나 강한 힘에는 책임이 따릅니다. 지금 이 순간, 무림을 떨어 울릴 힘을 얻고자 한다면, 오랜 세월 팔진문의 문도들이 그러했던 것처럼, 그에 맞는 무거운 책임과 의무를 짊어져야만 합니다. 강남의 방패가 되어 독재적인 패도를 혁파하고, 보다 크게는 무림의 평화를 위해서 더 강해져야 하고, 더 큰 용기를 품고, 죽음을 각오하고, 어떤 어려움 속에서도 가장 먼저 앞으로 나서서 싸워야만 합니다. 그럴 각오가 없다면 시작도 하지 말아야 하며, 나의 제안을 깨끗하게 잊고 이전의 삶으로 돌아가십시오."

태산처럼 무겁고, 숙연한 분위기가 감돌았다.

그저 욕심에 치우쳐 따라왔던 복면인들 일부는 죄책감을 느꼈고, 그렇지 않은 이들도 이 상황을 받아들이는 마음이 결코 가벼울 수 없었다.

용무쌍은 고요함을 깨고 물었다.

"나의 제안을, 팔진문의 제안을 받아들일 결심을 굳힌 분은 손을 드십시오."

더 이상의 망설임도, 질문도 없는 가운데 모두 손을 들었다.

평생 처음 느껴본 거대한 책임감, 용무쌍에 대한 두려움, 등골이 오싹할 그의 경고, 그 외에 자잘한 두려움이 그들의 어깨를 짓눌렀다.

하지만 그럼에도 얻게 될 행운은 너무도 매력적이고, 탐나는 것이었기에 거부할 수가 없었다.

그리고 전설의 팔진문과 같은 선상에 서서, 진정 강남무림의 영웅이 될 수 있다는 기대감이 그들을 들뜨게 했고, 행동하게 만들었다.

용무쌍은 고맙다는 듯 고개를 가볍게 숙여 보이고는 말했다.

"비급은 안내했던 이들을 통해 받게 될 것이며, 단약은 때가 된 이후, 적절한 시기에 맞추어 전달받게 될 것입니다. 유념하고 조심할 사항에 대해서는 비급 첫 장에 첨부해 두었으니 잘 읽어보시고, 부디 좋은 결과를 얻게 되길 바라고, 기대하겠습니다."

용무쌍은 정중히 포권을 했다.

그는 기관을 작동시켜, 단상을 내리고 구멍 속으로 사라졌다.

그르르릉—

구멍이 닫혔다.

곧 복면인들의 뒤쪽 철문이 열리고, 사라졌던 안내인들

이 나타나 안대를 씌우더니, 들어왔던 길을 통해 밖으로 이끌었다.

　　　　　＊　　　＊　　　＊

용무쌍은 지하광장을 나와 용성으로 이어진 통로를 지나 비밀문을 통해서 방으로 돌아왔다.

그런데 고고이가 안에서 기다리고 있었다.

고고이의 표정은 잔뜩 굳어 있었고, 눈동자에는 불안감과 두려움이 깔려 있었다.

"무슨 일입니까?"

"두 시진 전, 북혈성이 남북의 경계 전역에 걸쳐서 대략 사천 명 이상, 스물세 개의 무력대를 일제히 남침시켜 인근에 구축된 각 문파의 분타를 격파하고, 본타를 향해서 빠르게 진격하고 있습니다."

용무쌍의 얼굴이 굳어졌다.

'헌원진용이 약속을 깼다.'

뒷골이 서늘했다.

'왜지?'

거절하기 어려운 제안을 했고, 설득되었다고 확신했다.

게다가 일 년간 내전의 움직임 말고는 아무런 징조도 보이질 않았었다.

 '반기를 내걸고 저항하는 거대세력이 아직 두 곳이나 있고, 그 외에도 내부를 완벽히 통합하여 안정시키려면 족히 반년은 더 필요했을 텐데.'

 그가 파악한 정보에 따르면 이런 식의 전격적인 남침을 강행하기에는 불안 요소가 너무 컸다.

 물론, 방법이 아주 없는 건 아니었다.

 '하지만 복잡한 인과관계를 따져야 하고, 오래전부터 장기적인 계획을 세워야만……'

 생각을 멈췄다.

 '내가 헌원진용을 잘못 파악했다. 그는 천무혼 못지않게 교활한 자야.'

 그가 무덤에 갇혀 있을 동안 지지부진했던 북혈성과 강북의 상황, 지금까지 드러냈던 헌원진용의 태도와 대응 방식을 종합하여 헌원단승보다는 부족하다고 생각했다.

 능력을 폄하하고 무시했다는 게 아니라, 보다 사내대장부에 가깝고, 속에 감추기보다 겉으로 드러내는 데 익숙하고, 솔직하며, 고지식한 데다, 직선적인 인물로 판단했다.

 '아니었어.'

 지금 벌어진 상황을 고려하면, 헌원단승 이상으로 교활하고, 행동력에 있어서도 더 도전적인 성향인 게 분명했다.

'그리고 처음부터 나를 믿지도 않았다. 혹은…….'

믿기는 했으나, 애초부터 약속을 지키고 합의에 따를 생각이 전혀 없었을지도 몰랐다.

'어느 쪽을 봐도 나의 패착이군.'

입맛이 썼다.

'담충은 어찌 된 거지? 배반? 아니다.'

그의 충성심은 그 정도로 약하지 않았다.

감정을 배제하고 계산적으로 보아도, 자신의 생명보다 더 소중하게 생각하는 담미가 강남에 있는데 그를 배반할 리가 없었다.

'정체가 발각되어 제거당한 것인가?'

최근 연락이 되질 않고, 종적을 찾기도 어려우니 가능성은 있었다.

하지만 부정적인 생각은 하지 않기로 했다.

'일단 지금 처한 상황부터 해결하자.'

고고이는 무릎을 꿇고 용서를 빌었다.

"죄송합니다. 북혈성의 움직임을 미리 파악하고 있었어야 했는데……."

"잘잘못을 따질 때가 아닙니다. 일어나세요."

고고이가 일어나자, 용무쌍은 탁자 위에 펼쳐둔 무림지형도를 살피며 가까이 오라고 손짓했다.

"여기, 여기, 그리고 여기로 들어오는 북혈성 무력대의 규모와 전력을 파악하십시오. 여기 산등성이를 경계선으로 삼아서 이 이상으로 넘어오려고 하면 은밀히 기습을 가해 최대한 이동 속도를 늦추도록 하세요. 그러나 어떤 상황에서도 정체가 발각되는 일은 없도록 해야 합니다."

"알겠습니다."

"지금 즉시 대회에 참석한 모든 문파와 수장들에게 북혈성의 남침을 알리세요."

"상황을 알면 모두 본파로 돌아가려고 할 거고, 그리되면 각개격파 당하게 될 겁니다."

"압니다. 그러나 붙잡을 수도 없고, 듣지도 않을 겁니다."

"맹을 구성하여 대응하자고 하면……."

"직접 가서 감당할 수 없는 현실을 목도하고, 하나로 뭉쳐야 함을 스스로 깨닫기 전에는 맹의 필요성을 느끼지 못할 겁니다. 물론, 시야가 넓은 몇 명은 이에 동감하겠지만, 그 몇몇으로는 충분하지 않습니다."

고고이는 고개를 숙였다.

"속하의 생각이 짧았습니다."

"그리고 수룡채에는 함부로 움직이지 말고, 사태를 지켜보고만 있으라고 하세요."

고고이는 이해가 가지 않았다.

장강의 주요 거점을 차단해서 북혈성이 수로를 이용하기 어렵게 하면 북혈성의 남하 속도를 크게 늦출 수가 있기 때문이었다.

하지만 속내를 드러내진 않았다.

'이 역시 나름의 생각이 있으시겠지.'

"즉시 전하겠습니다."

고고이는 방을 나갔고, 용무쌍은 그 어느 때보다 차가운 눈빛으로 뚫어질 듯이 무림지형도를 내려다봤다.

* * *

예선에서 패한 문파들의 숙소, 구경꾼들의 천막, 그리고 곳곳에 차려진 주점 등만 내일을 생각하지 않고 술판이 벌어져 취기 어린 불빛을 뿌리고 있었다.

그런데 대용성의 문이 열리고, 고고이의 지시를 받은 백여 명이 빠져나와 곳곳을 누비는 움직임을 따라 차례로 빛이 늘어나고, 한 식경도 되지 않아서 전체로 퍼져 나가더니, 대용성 주위로 원을 그린 것처럼 환하게 밝아졌다.

"서둘러!"

"쓸데없는 짐은 버려!"

"무기만 챙기라고!"

"문주님, 대용성에서 말과 마차를 지원해 준다고 합니다!"

"그래? 역시 용 성주로구나!"

"빨리, 움직여! 다른 문파들이 죄다 끌고 가기 전에 마차 하나라도 챙겨야 한다!"

"너희는 남아서 낭인들을 모집하여 뒤따라라!"

"돈을 아끼지 말고 싸울 수 있는 자들을 모두 긁어모아!"

"가자! 한시가 급하다!"

곳곳이 난장판이고, 아우성이었다.

북혈성의 남하와 공세 소식을 접한 각 지역 문파의 무림인들은 짐도 제대로 챙기지 못하고, 말과 마차를 수소문하고, 낭인들을 끌어모으고, 혹은 몸값을 높이기 위해서 협상하는 등 난리 그 자체였다.

침공을 가장 먼저 마주해야 할 접경 지역에 속하지 않은 문파의 무림인들도 사문으로 돌아기가 바빴고, 어디에도 속하지 않은 이들 역시 각자의 목표와 가치관에 따라 흩어졌다.

무림에 연관되지 않은 구경꾼들조차 겁에 질려 떠나고, 대용성 주위는 실망감과 허탈감 속에서 천막을 치우고, 짐을 꾸리는 상인들과 일꾼들만 남게 되었다.

* * *

 용무쌍은 무림지형도 여기저기에 줄을 긋고, 점을 찍고, 암호문을 표시했다.
 '일단은 이 정도로 해서……'
 생각을 멈추고 고개를 들었다.
 눈살을 찌푸리며 문 쪽을 돌아봤다.
 콰직―
 문이 거대한 도끼에 찍힌 것처럼 두 쪽이 나고, 한쪽만 묵직한 소리를 내지르며 안쪽으로 쓰러졌다.
 반쪽 남은 문이 삐그덕거리며 덜렁거리는 공간 속에 흐릿한 달빛을 등에 지고 한 사람이 섰다.
 여인이었다.
 '섭윤선.'
 용무쌍은 섭윤선의 매서운 눈빛을 마주하고 손끝을 좌우로 내저었다.
 은신한 상태로 사방을 포위하고, 간격을 좁혀오던 암영문의 살수들이 동작을 멈췄다.
 그가 다시 손끝을 내젓자, 살수들은 한 명도 빠짐없이 시야가 미치는 범위 밖으로 완전히 물러났다.
 "개새끼!"

섭윤선의 오른손이 하얗게 물들어갔다.

콰득—

덜렁거리는 반쪽 문을 오른손으로 움켜잡자, 손가락이 종이를 뚫듯 파고들어 갔고, 끌어당기는 손짓에 가볍게 뜯겨 나왔다.

"죽여 버리겠어!"

안으로 성큼 들어와 번쩍 들어 올린 반쪽 문을 집어 던졌다.

용무쌍은 신경질적으로 손을 휘저었다.

콰자작—

문이 산산 조각나며 흩어졌다.

"죽어!"

조각이 비산하는 사이로 섭윤선의 도가 밑동이 잘린 거목처럼 떨어졌다.

용무쌍은 무림지형도를 집어 들며 옆으로 움직였다.

촤악—

탁자가 두 쪽이 나고, 석판을 깐 바닥이 고랑처럼 파였다.

"죽으라고!"

도가 방향을 틀어 옆구리 쪽으로 날아왔다.

용무쌍은 무림지형도를 옆으로 던졌다.

섭윤선의 눈에서 불똥이 튀었다.
"종이 따위로 날 무시해!"
그녀는 책장 쪽으로 날아가는 무림지형도를 향해 손을 내뻗었다.
퍼서석—
무림지형도가 장력에 맞고 먼지처럼 부서졌다.
용무쌍의 눈이 독이 잔뜩 오른 살모사의 그것처럼 가늘어졌다.
그는 잔뜩 흥분하여 씩씩거리며 도를 치켜드는 섭윤선을 차갑게 노려보았다.
'지겨워.'
그는 들어 올린 오른손을 칼날처럼 세웠다.

第五章
지리멸렬

섭윤선이 도를 치켜들었다.

용무쌍은 기다리지 않고 성큼 나아갔다.

파파파팍—

그는 앞으로 나아가면서 발끝을 올려쳐 바닥에 떨어진 나뭇조각을 연달아 걷어찼다.

피피피피피피픽—

수십 개의 나뭇조각이 암기처럼 공간을 꿰뚫고 날아갔다.

섭윤선은 나아가던 걸음을 멈추고 급히 도를 좌우로 휘둘렀다.

퍼퍼퍼퍼퍼퍽—

나뭇조각이 연달아 도에 막혀 가루가 되었다.

하지만 그사이 빠르게 다가온 용무쌍이 지척에 이르렀다.

쉭—

하얀빛으로 얇게 둘러싸인 그의 손이 그녀의 미간을 노리고 찔러 왔다.

섭윤선은 도를 올려 막았다.

캉—

도가 잘게 진동하고 얼굴에 당혹감이 어린 섭윤선은 뒤로 주르륵 밀려났다.

도를 통해 전해지는 충격이 감당하기가 어려울 정도로 컸던 것이다.

그녀는 밀려나는 그대로 왼발을 뒤로 뻗어 벽을 디디고 멈춰 섰다.

동시에 도를 위로 쳐올리고, 좌우로 짧게 휘둘렀다.

후훙—

강력한 기운이 도 끝에서 퍼져 나가 좌우를 갈랐다.

빠르게 뒤따라 붙던 용무쌍은 몸을 낮게 숙이며 도기를 머리 위로 흘려보내고, 바닥을 찼다.

스스스슥—

그의 신형이 얼음 위로 미끄러지듯 나아가고, 손을 위로 내질러 도의 중간을 밀어 쳤다.

깡—

도가 섭윤선의 의지와는 상관없이 위로 튕겨 올라가고, 용무쌍은 그 틈새를 파고들어 왼손을 번개처럼 뻗었다.

"컥!"

그는 섭윤선의 목을 움켜쥐고, 벽까지 밀어붙인 뒤, 위로 들어 올렸다.

그녀의 발끝이 공중에 떠올랐고, 숨쉬기가 힘들어진 그녀의 얼굴이 창백하게 질려갔다.

그녀는 저항하지 않고 양손을 축 늘어트렸다.

땡그랑—

바닥에 떨어진 도가 시끄럽게 요동쳤다.

그녀는 헐떡거리며 말했다.

"왜……."

"……."

"왜, 날, 날 무시해."

용무쌍은 대꾸하지 않고 더욱 매섭게 섭윤선을 노려봤다.

"왜, 왜, 날, 날 보고도 못 본 척했어."

용무쌍은 대답하지 않고 손아귀에 힘을 주었다.

섭윤선의 얼굴이 더욱 파랗게 질려갔다.

그를 내려다보는 그녀의 눈동자에 눈물이 어렸다. 그리고 빗줄기처럼 뺨을 타고 흘러내렸다.

"너, 너만 기다렸는데. 왜, 왜."

그녀는 울상을 짓고, 울먹이며 말했다. 흘러내리는 눈물은 더욱 굵어졌다.

용무쌍은 이를 악물었다.

손에 힘을 주고 목을 더욱 강하게 조였다.

하지만 그녀의 눈물은 멈추지 않았다. 눈동자는 흔들림과 당혹감 없이, 분노가 아닌 슬픔이 드리워지고 있었다.

'빌어먹을.'

용무쌍은 손에서 힘을 풀고, 팔을 아래로 내렸다.

그녀의 발끝이 바닥에 닿았다.

그는 오른손을 내밀어 그녀의 뺨을 쓰다듬었다.

눈물을 닦아 내고, 턱을 어루만지고, 어깨를 타고 흘러 가슴을 쓸고 내려와 허리를 감쌌다가 둔부를 강하게 움켜잡았다.

고통이 사라지고, 숨결을 되찾은 섭윤선의 얼굴에 홍조가 어렸다. 입술이 살짝 벌어지고, 그 사이로 야릇한 비음이 흘러나왔다.

"아."

용무쌍의 오른손은 엉덩이 사이를 미끄러져 내려가, 치마 속으로 와락 찔러 들어가더니, 속바지를 무릎까지 끌어내리고 거칠게 뜯어서 옆으로 던졌다.

섭윤선은 마른침을 삼켰다.

그녀의 열망 어린 눈동자와 그의 야성 어린 눈동자가 마주쳐 불꽃을 일으켰다.

용무쌍은 자신의 바지춤을 풀어 내리고, 그녀의 양다리 무릎 아래로 양팔을 넣어 좌우로 벌리며 위로 높이 들어 올렸다.

그리고 하체를 그 사이로 깊숙이 밀어붙였다.

"아!"

그는 탄성을 터트리는 그녀의 입술을 입으로 틀어막고, 벽으로 힘껏 밀어붙이고, 또 밀어붙이며 그녀를 환락과 열락의 욕망 속으로 거칠게 몰아붙였다.

* * *

북혈성의 남침에 호북, 안휘, 강소의 주요 접경 지역 분타들이 연달아 무너지고, 생존자 하나 없이 전멸당했다.

늦은 저녁, 어둠을 틈타 기습을 받았기에 제대로 된 반격도 할 수 없었고, 거침없이 뚫려 버렸다.

아무리 예상 못 한 남하였지만, 형편없는 대응이라고밖에 평가할 수 없었다.

반대로 북혈성의 전략과 힘은 놀라움 그 자체였다.

빠르고, 단호했으며, 방향성이 분명하고 냉혹했다.

남녀노소 가리지 않은 채 생존자 하나 없이 몰살시키고, 돈과 값어치 있는 물건을 건드리지도 않았다.

그들은 소식이 퍼져 나가기 전에 바로 다음 분타로 신속하게 움직여서 기습해 괴멸시켰다.

접경 지역의 분타들을 빠르게 모두 무너트리고, 대회에 참석했던 고수들이 가까스로 시간에 맞추어 도착한 본타로 이동해 포위하고, 다시 맹공을 가하며 드러난 사실은 강남무림을 경악시켰다.

남침한 사천여 명의 무리가 북혈성의 본진이 아니었던 것이다.

북혈성과 중추 가문들이 있는 산동성이 아니라, 그 외곽에서 활동하던 세력, 헌원진용에게 반기를 들었다가 굴복된 세력, 그리고 아직 굴복되지 않은 세력들이 남침한 무리의 주축을 이루고 있었다.

'강북이 헌원진용의 손안에 들어갔다.'
'본진까지 내려오면 속절없이 무너지게 된다.'
'그 전에 포위를 벗어나야 한다.'
'이대로 근거지만 지키고 있으면 강남은 끝이다.'
'우리도 하나로 뭉쳐야 해.'
'구심점이 필요하다.'

강소의 진천백도부가 무너지고, 패퇴를 거듭하다가 절강으로 후퇴한 뒤, 군웅십문의 한 곳인 상산의 오행문으로 피신했다는 소식이 결정적이었다.

대용성을 다급히 떠나 본타로 돌아가 치열하게 싸우며 지키던 무림인들은 현실을 깨닫고 미련 없이 짐을 쌌다.

그리고 희생을 최소화하여 포위를 벗어나는 데 주력했고, 근거지를 빠져나왔다.

물론, 끝까지 근거지를 지키다 괴멸되고, 전멸한 문파도 적지 않았다.

하지만 팔 할은 모두 도망쳐 나왔다.

그들은 안휘로 향했다.

정확히는 대용성으로 방향을 잡았다.

하지만 중간쯤에 당혹스러운 소식을 들었다.

'대용성이 텅 비었다.'

용무쌍과 그 무리가 북혈성 남침 이틀 만에 한 명도 빠짐없이 대용성을 떠나 사라졌다는 소문이 날아온 것이다.

'새외로 갔다.'

'해남도로 넘어갔다.'

'북혈성에 항복했다.'

소문은 가지를 뻗치듯 여러 다양한 소문을 양산하고, 어느 것 하나 확인되지가 않았다.

근거지를 잃은 강남문파들은 가야 할 방향을 잃었다.

당혹감이 그들의 발길을 움켜잡았고, 좌절감이 그들의 불안감을 공포로 변질시켰다.

'끝났다.'

'희망이 없다.'

'항복하자.'

처음엔 감히 꺼내지도 못할 말들이었지만, 시간이 흐를수록 이를 주장하는 무리들에게 힘이 실리게 됐고, 굴욕을 당하더라도 일족을 지키고, 세력을 보존해야 한다는 분위기가 대세를 이루게 되었다.

그 무렵, 소식이 들려왔다.

'흑월궁과 백일궁이 강서에서 보루가 되기를 자처했다.'

'두 궁이 기반을 잃은 무림인들에게 거처와 의식주를 제공하겠다고 선언했다.'

또 다른 소식도 전해져 왔다.

'녹림이 북혈성과의 전면전을 선언했다.'

'십육강천채를 비롯해 모든 산채가 거점이 되길 자처했다.'

'강남무림인이면 조건 없이 지원하고, 함께 싸우겠다고 공헌했다.'

그 외에도 군웅십문에 속하는 문파들이 이에 동조하며

무림인들을 받아들이기 시작했다.

항복하자는 주장은 사라졌다.

길을 잃은 강남 문파들이 강서로, 남쪽으로 움직였다.

전체 문파 중 사 할은 흑월궁과 백일궁으로, 삼 할은 오행문을 비롯한 군웅십문으로, 그리고 이 할은 녹림으로, 남은 일 할은 여러 무리로 쪼개져 목적을 알지 못한 채 사방으로 흩어졌다.

*　　*　　*

호북과 강소, 안휘는 북혈성에게 완전히 넘어갔다.

얼마 전까지 그 세 지역의 패자를 자처하고, 혹은 막강한 영향력을 행사하던 문파들의 근거지에는 낯선 자들이 들어와 차지했다.

모두 강북의 문파들이었다.

그런데 호남, 강서, 절강과 맞닿는 곳까지 속전속결로 처리하며 전광석화처럼 치고 내려갔던 그들이 갑자기 진격을 멈추고 움직이지 않았다.

이상한 일이었다.

사기가 하늘을 찌르고, 기세 또한 산을 무너트릴 만큼 커진 상황이니, 더욱 맹공을 가하며 남하하는 게 정상이기 때문이다.

 무너지고 타격을 입어 피신한 문파의 잔존 무리들을 받아들이고 규합하여, 대대적인 싸움을 각오했던 각 지역의 군웅십문은 의아해했다.

 그리고 더욱 긴장하며, 뜬눈으로 밤을 지새웠다.

 언제, 어떤 식으로 공격해올지 예측할 수가 없었으니까.

 하지만 며칠이 지나도 달라지는 게 없었고, 보름이 넘어서도 고요하기만 하자, 꼼짝하지 않는 이유와 원인을 찾기 시작했다.

 '북혈성 세력 중 몇 곳이 남하하던 중에 치명적인 타격을 입었다.'

 '공격을 받은 지역 모두 강북과 이어져 지원을 받아야 하는 주요 거점이다.'

 무림의 싸움은 국가의 전쟁과는 개념부터 달랐다.

 일단 관으로부터 반역과 반정의 오해를 사지 않는 범위 안에서 규모와 세력, 방식을 고려하며 계획을 세우고 움직여야만 했다.

 그래서 수천의 전력이라도 이동할 때는 한 무리가 아무리 많아도 이삼백 명을 넘지 못하고, 상대에게 타격을 입히기 위해서 사회 기반을 무너트리는 행동을 할 수도 없었다.

 그들 자체가 나라와 사회의 존립을 무시하고서는 존재할

수가 없는 처지란 것도 문제였다.

어쨌든, 소규모로 움직여야 하니 활동성이 크고 넓으며 자유로워서, 거점이란 의미를 두기 힘들고, 결과를 결정지을 정도의 지역적 이점이란 건 해당되지가 않았다.

하지만 드넓은 중원을 둘로 나누어, 강북의 세력이 강남으로 진출해야 한다면, 전략적으로 지역 간의 차이를 아예 무시할 수 있는 것도 아니었다.

북혈성이 남침하며 기습을 받고, 타격을 받은 위치가 그에 해당했다.

그러나 산세가 험하고 어지럽거나, 소수로 대군을 막을 정도의 좁은 협곡이거나, 배가 아니면 오갈 수 없는 천혜의 지형은 아니었다.

오히려 거대한 도성이 인접했고, 교통과 물산의 요지로 관도가 시원하게 뚫려 많은 사람들이 오가는 곳들이었다.

하지만 그래서 북혈성으로서는 난감할 수밖에 없었다.

사람이 많다는 건 관의 활동이 활발하고, 그들의 눈이 세심하게 깔려 있다는 의미이기 때문이다.

아무리 두려울 게 없는 북혈성이라고 해도 도검을 차고 자신들을 기습한 자들을 찾기 위해서 수색하고 협박하며, 상황에 따라 사람을 때리고 죽이고 다닐 수가 없는 것이다.

이런 상황에서는 고관들에게 아무리 많은 뇌물을 쓴다고

해도 가능하지 않았다.

그래서 남하에 신중해질 수밖에 없었다.

그들을 기습한 자들의 정체도, 종적도 찾아내지 못한 상황에서 강북과 더 멀어지게 되면, 앞뒤로 포위당해 공격받을 수가 있었으니까.

이러한 사실을 알아낸 군웅십문은 반색했고, 고민했다.

'반격을 가할 기회다.'

'무슨 소리, 세력을 정비하고, 힘을 키워야 할 때야.'

'군웅십문의 협의체를 만들자.'

'맹을 만들면, 일부 고수들이 강남을 좌지우지하게 되는데, 그건 안 되지.'

'그리고 군웅십문만 권리를 가지는 건 말이 안 돼.'

'녹림을 끌어들이자.'

'자존심 상하게 도적들과 손을 잡을 수는 없어.'

'수적들이 장강을 막아 주면 북혈성 본진에 대한 걱정이 사라진다.'

'녹림도 싫은데, 수적들까지? 웃기는 소리 말아.'

군웅십문은, 강남의 문파들은 옥신각신, 설왕설래하며 결론을 내리지 못했다.

한고비를 넘긴 듯했고, 각자의 처지는 다양하며, 원하는 바와 능력 역시 각양각색이라는 게 문제였다.

무엇보다 홀로 우뚝 올라서 구심점이 되어야 할 세력과 고수가 없다는 게 컸다.

진천백도부가 무너지고, 강남의 주요 세력들이 무너지고, 흡수되고, 갈라지며 평준화된 게 원인이었다.

그렇게 서로의 욕심만을 주장하던 사이, 산동에서 북혈성 본진이 모습을 드러냈다.

그리고 남하를 시작했다는 급보가 전해져 강남을 커다란 당혹감에 빠트렸다.

두두두두—

기마 삼백여 무리가 제남에서 태안(泰安)으로 이어지는 관도를 달려갔다.

선두의 일부를 제외하고 나머지는 둥근 철모자를 쓰고, 피풍의를 걸쳤다.

특히 모자와 피풍의, 무기 등에 방패 문양이 그려져 있는 게 눈에 확 띄었다.

강북무림에서 방패를 증표로 삼는 무력대는 한 곳밖에 없었다.

북혈철벽단(北血鐵壁團).

그들은 야차들이라고도 불리는 북혈성 성주의 호위들이었다.

헌원단승의 실종 이후 여타 모든 활동을 중지하고, 빈집이 되어 버린 북극전(北極殿)만 지키며 꼼짝도 하지 않았던 그들이, 거의 십 년 만에 외부에 모습을 나타낸 것이다.

기마대의 선두에는 철벽단 단주 다문천(多聞天) 숭엄백만 있는 게 아니었다.

총령, 아니 이제는 성주 지위에 오른 헌원진용, 만조단 단주 동성, 그리고 담충이 좌우에서 따르고 있었다.

헌원진용이 손을 들었다.

숭엄백은 두말하지 않고 휘파람을 불었다.

삐익—

신호가 떨어진 즉시 북혈철벽단은 빠르게 속도를 늦추어 멈춰 섰다.

헌원진용은 말없이 동쪽을 바라봤다.

동성 등은 무겁게 침묵하며 지켜보고만 있었다.

헌원진용이 바라보는 방향에 헌원단승의 무덤이 조성된 태산이 있음을 알기 때문이었다.

"가자."

다시 출발하고, 세 시진 만에 곡부(曲阜)에 이르렀다.

곡부는 하남, 안휘, 강소성으로 이어지는 관도들이 한 점으로 연결된 교차점.

그들은 곡부에서 강남의 소식을 기다렸다.

얼마 있지 않아서 전서응이 날아와 동성의 팔에 앉았고, 그는 발목에 채워진 통에서 꺼낸 쪽지를 꺼내 읽고서 헌원진용에게 보고했다.

"기습한 자들의 흔적을 발견하기는 했으나, 여전히 종적을 찾지 못하고 있습니다. 그러나 점령 지역은 칠 할 이상 평정하였고, 몇 군데에서 저항하는 자들이 있기는 하지만, 세력이 크지 않으며, 곧 토벌에 들어가 마무리할 수 있을 것입니다."

고개를 끄덕인 헌원진용은 담충에게 옆으로 오라고 손짓했다.

"자네의 주장을 따라 조기 침공했고, 자네가 예견한 상황의 팔 할이 실현되었다. 하지만 어긋나 버린 이 할이 문제야. 이를 어찌해야 한다고 생각하나?"

"죄송하지만, 계획은 완벽할 수 없습니다. 어긋나 버린 결과는 미련을 두지 않고 무시해야 할 것입니다. 이제부터는 안휘 대용성을 중심에 두고 차근히 사방을 잠식해 들어가야 합니다."

헌원진용은 고개를 갸웃했고, 동성은 눈살을 찌푸렸다.

"이유는?"

"두 가지가 있습니다. 첫째는 강북과 가까워 지원을 받기 용이하고, 강남의 중심이니 현 상태로 경략한 각지에 명령을 내리고 보고를 받기가 용이합니다. 둘째는 대용성의 무리가 돌아올 것에 대비하여 본거지를 점거해 두어야 합니다."

헌원진용은 동성을 쳐다보며 이에 대한 의견을 요구했다.

"의미가 없습니다."

"이유는?"

"저 또한 두 가지가 있습니다. 경략이라 함은 다스린다는 의미이고, 이는 시간을 여유롭게 잡아 공략한다는 뜻이지요. 성주님께서 내려가심과 동시에 남하를 재개할 것인데, 그게 무슨 소용이 있겠습니까. 일통을 마무리했을 때나 떠올릴 수 있는 방안입니다. 두 번째는 용무쌍이 대세를 막아설 수 있는 역량이 없음은 본거지를 버린 것에서 증명이 되었는데, 다시 돌아올 걸 염려할 필요가 무엇입니까."

"그럼, 자네의 생각은?"

"동쪽, 강소부터 타고 내려가 상산의 오행원과 진천백도부의 잔여 세력을 일망타진하고, 서쪽으로 몰이를 하여 차례로 굴복시켜야 합니다."

헌원진용은 잠시 생각에 잠겼다가 동성의 손을 들어주었다.

"오행원을 먼저 치고, 서쪽으로 몰이를 한다."

그러나 담충의 의견을 완전히 외면한 건 아니었다.

"그러나 용무쌍에 대해 걸리는 점도 몇 가지 있어. 도망쳤다고는 해도 세력을 온전히 보전했고, 상계는 건재하고, 그 영향력도 무시할 수가 없지. 그래서 용무쌍을 계속 추적하는 게 아닌가. 신검보에 전갈을 보내 대용성 인근을 관리하고, 예의 주시하라고 하게."

"알겠습니다."

"가자."

헌원진용과 담충 등은 서쪽 관도 쪽으로 말을 몰아갔고, 홀로 남은 동성은 쪽지에 지시 사항을 은어로 작성하고, 전서응 발목에 묶인 통에 넣어 서남쪽으로 날렸다.

동성은 먼지를 일으키며 저 멀리 사라진 무리를 쫓아 말을 내달렸다.

두두두두두―

본진은 그들만이 아니었다.

일정한 거리를 두고, 이삼백 명 규모로 나뉘어서 헌원진용을 뒤따라 남하하는 전력은 거의 삼천에 육박했다.

* * *

호북 동남쪽 통산(通山).

해가 지고 사위가 어둠에 잠겨 있다.

산자락 사이로 장강의 지류 중 하나인 강줄기가 느릿하게 흘렀다.

땅이 축축하게 젖어 일부는 늪처럼 무릎까지 푹푹 빠지고, 일부는 그보다 더 깊이 빠져 동물의 사체가 여기저기 잠긴 채 썩어 들어가고 있었다.

저벅 저벅—

질척한 발걸음 소리가 어둠을 타고 흘러왔다.

한 사람이 아니었다. 오십여 명 정도가 늪지를 밟으며 나아가고 있었다.

말미에서 뒤따르던 젊은 사내가 앞쪽으로 나서서 입을 꾹 다문 채 걷고 있는 장년인에게 말했다.

"아버지, 시간도 늦었고 다들 지쳤습니다. 이쯤에서 야숙을 하시죠."

그러나 돌아오는 대답이 없어 분위기는 싸늘하고, 공허했다.

"아버님, 지형적으로 볼 때 저쪽이 야숙하기가 좋은 것 같아요."

장년인의 옆에서 걷고 있던 젊은 여인이 말했다.

그러자 굳게 닫혀 있던 장년인의 입이 열렸다.

"그래, 네 말이 맞는 것 같구나. 모두 저쪽으로 가서 야숙을 준비하도록 해라."

무리는 지친 걸음을 옮겨 산자락 끝으로부터 이어져 내려와 불룩 솟아난 두 개의 언덕을 이룬 지형 사이로 걸어갔다.

그들은 주위를 오가며 마른 나무를 찾았다.

주변에는 큰 나무가 보이지 않고, 낮은 나무들뿐이었다. 땅이 단단하지 않기 때문에 굳건하게 높이 자랄 수 있는 여건이 아니었던 것이다.

물기가 많은 지형이라 마른 땔감을 찾기도 어려웠다.

불을 붙일 만한 낙엽도 없었다. 모두 젖었고, 썩어서 역한 악취만을 풍겼다.

오십여 명이 움직였으나, 불을 붙일 땔감으로 쓸 만한 건 십여 개에 불과했다.

"산 위로 올라가면 장작으로 쓸 나무를 찾기가 수월할 겁니다."

젊은 사내가 말했지만, 이번에도 장년인은 아무런 대꾸도 하지 않았다.

무리 사이로 무거운 침묵이 감돌고, 어색한 긴장감이 낮게 깔렸다.

모두 두 사람의 눈치를 보면서도 감히 입을 열지는 못했다.

사내는 목덜미를 붙잡힌 것처럼 답답한 표정을 지으면서

도 공손히 머리를 숙였다.

"다녀오겠습니다."

사내는 혼자서 산으로 올라갔다.

그의 모습이 사라지자 여인이 장년인에게 가까이 다가가 말했다.

"아버님, 이제 용서해 주세요."

장년인은 대답이 없었다.

"아버님."

"용서할 것도 없다. 녀석은 이제 내 아들도 아니니까."

"어찌 하나뿐인 자식을 없다 하세요. 그렇다면 저도 아버님과 아무 사이가 아니게 되잖아요. 그래도 좋으세요?"

장년인은 움찔하더니 한숨을 내쉬었다.

"그런 말 말거라. 네가 곁에 있어 주어서 얼마나 감사하고, 고마운지 모른다."

"그럼, 철랑을 용서하세요."

장년인은 고개를 흔들었다.

"녀석으로 인해 묵검장이 오물을 뒤집어썼어. 혈육의 정을 따져 녀석을 용서하면 죽어서 선조님들을 볼 면목이 없다."

장년인은 묵검장 장주 무용검 감능양이고, 산으로 올라간 젊은 사내는 그의 아들 파사검 감보철이었다.

"사정이 있을 거예요. 철랑이 아무 이유도 없이 그런 선택을 했을 리가 없어요."

젊은 여인은 감보철의 아내인 여홍라였다.

그녀는 함녕에서 대대로 권법을 가르치는 천수덕관(天手德館)이라 하는 무관의 무남독녀로 태어났다.

그러나 모친은 기억도 나지 않았던 아기 때, 부친은 열두 살에 잃었다.

무용검은 부친의 죽마고우였다.

그래서 그녀를 묵검장으로 데려와 수양딸로 삼고, 한 해 뒤에는 아들 감보철과 혼인을 추진해 성사시켰다.

그는 여홍라를 무척 예뻐하고, 아꼈다.

죽마고우의 딸이기 때문이기도 하지만, 그녀는 현명하고, 검소했으며, 무공도 열심히 익혔고, 며느리로서 안주인이 없는 묵검장의 살림을 도맡아서 군더더기 없이 관리해 왔다.

남녀노소 할 것 없이 묵검장의 구성원 모두에게 사랑을 받고 있었다.

그래서 보통 때라면 그녀가 어떤 말을 하더라도 믿어주고, 따랐을 것이지만, 이번만은 그럴 수가 없었다.

"싸워 보지도 않고 도망쳤다. 아무리 상대가 강했어도 그래서는 안 되었어. 내가 그리도 간곡하게 부탁을 하고, 붙잡았지만, 요지부동이었다. 고작 승패 한 번을 나와 일족, 가문의 명예보다 중요하게 생각하는 녀석이다. 그런데 어떻게 저런 녀석을 자식이라고 믿고 살 수가 있겠느냐."

"아니에요. 분명, 분명히 이유가······."

"나도 이유가 있었으면 좋겠다. 내가 이해할 수 있는 이유가 있기를 바랐다. 그래서 대용성에서 돌아오는 내내 몇 번을 묻고, 또 물었다. 하지만 너도 보았듯이 입을 꾹 다물고 아무 말도 하지 않고 있다. 할 말이 없겠지. 두려워서, 겁이 나서 포기한 것인데, 무슨 할 말이 있었겠느냐."

여홍라는 더 이상 아무 말도 하지 못했다.

감능양의 말에 납득했기 때문이 아니었다. 여전히 그녀는 남편을 믿고 있지만, 그녀도 사정을 알지 못하니, 반박을 할 수가 없었던 것이다.

'철랑은 절대 그럴 사람이 아닌데, 자신의 명예 때문에 포기할 사람이 아닌데······.'

사실 그녀도 이유가 궁금했고, 여러 번 물었었다.

하지만 그는 대답해 주지 않았다. 아니, 입을 꾹 다물고 돌아앉아 버렸다.

서로에게 늘 진실했고, 숨기는 것 하나 없이 살아왔다고 믿었고, 또 앞으로도 그러할 거라 확신했기에 큰 충격으로 다가왔다.

그럼에도 그녀는 감보철을 믿었다.

'분명 이유가 있고, 언제고 때가 되면 진실을 말해 줄 거야.'

"저도 올라가서 땔감을 구해 올게요."

"너까지 올라갈 필요 없다."

"지아비를 홀로 보내고 가만히 있으려니, 마음이 편치 않아서 그래요. 금방 다녀올게요."

"아, 그럼 저희도 같이 가겠습니다."

눈치만 보고 있던 몇몇 일가의 사람과 제자들이 얼른 그녀를 따라나서겠다며 모여들었다.

하지만 그들은 숲으로 들어서기도 전에 돌처럼 굳어졌다.

"크크크, 피똥 싸게 도망친 곳이 고작 여기였어?"

웃음에는 조롱기가 어려 있고, 감정이라고는 조금도 느낄 수가 없는 목소리는 풀잎처럼 가늘었다.

그들이 지나왔던 습지 쪽을 돌아보는 묵검장 사람들 얼굴에 분노가 어렸다.

"음부귀령(陰府鬼靈) 걸무무."

한 사람이 은은한 달빛 아래 모습을 드러냈다.

발목까지 덮은 회색 장포에 키가 작고, 왜소한 데다 비쩍 마른 노인이었다.

그런데 머리카락은커녕 수염도 없고, 백지처럼 하얀 피부라서, 마치 시체를 보는 듯 소름 끼치는 모습이었다.

실제로 묵검장 사람들은 분기가 충천한 표정을 하고서도 두려움을 억누를 수 없는 듯 어깨를 잘게 떨었다.

하지만 그럴 수밖에 없었다.

걸무무의 손에 죽은 가족과 동기들의 숫자가 기십을 넘고, 그 잔혹한 살육의 광경은 아비규환이고, 지옥과 다름없었으니까.

그들 생전에 그토록 끔찍하고 고통스러운 광경은 처음이었다.

무엇보다 사람을 죽이면서도 입가에 미소를 머금은 걸무무의 얼굴은 절대 잊지 못했다.

"산서 밑구녕부터 내내 후덥지근한 날씨 때문에 기분이 지랄 같았는데, 이곳은 축축하고 습한 기온이 무척 마음에 드는군."

그는 습지를 천천히 걸어왔고, 감능양 등은 놀라서 눈을 크게 떴다.

분명 그들은 발목까지 푹푹 빠지며 힘겹게 지나왔는데, 걸무무는 마치 딱딱한 평지를 산책하듯 전혀 빠지지 않고 편안하게 걸어오고 있었기 때문이다.

걸무무는 피식 웃었다.

"고작 요런 수준 정도로 놀라기는."

그는 보란 듯이 큰 걸음으로 습지를 힘차게 밟으며 걸어왔다.

그런데도 전혀 빠지질 않았다.

"이게 그렇게 대단하게 보이나? 응? 그래?"

유치한 장난이었으나, 당하는 입장에서는 장난으로 보일 수가 없었다.

"이해가 안 간단 말이야. 이런 걸 보고 놀라는 수준으로 어떻게 호북 동남쪽에서 가장 유명한 문파가 됐지? 난 이런 수준으로도 산서의 동쪽 구석에 콩알만 한 땅 하나 관리하고 있는데 말이야. 아무리 강북과 강남의 수준 차이가 크고, 치열함이 다르다고 해도, 이건 너무 불공평하지 않아? 안 그래?"

사실 그의 불평은 억지스러운 측면이 있었다.

걸무무가 산서의 구석진 곳에 박혀 있는 원인은 능력이 아니라, 그의 과거와 출신 성향 때문이었다.

걸무무는 청풍수사 거묘외의 사제였다.

당연히 그와 함께 빙궁 궁주 야율문초를 보좌했다. 하지만 거묘외가 야율문초를 배반하고, 얼마 있지 않아서 빙궁이 무너지며 북혈성에 항복해야만 했다.

죽거나 살거나, 둘 중 한 가지 선택밖에 할 수가 없었으니까.

하지만 늦은 항복이었다. 빙궁을 적극 따랐고 북혈성을

상대로 작지 않은 활약을 했기에 환영받을 처지도 아니었다.

거묘외가 아니었다면 목숨을 부지할 수도 없었을 것이다.

또한 음귀동이란 문파 자체에도 문제가 있었다.

음귀동은 기본적으로 음기를 바탕으로 한 무공을 익히면서도, 사내들만을 동도로 받아들였다.

사내가 음공을 익히니 부작용이 작지 않았고, 위험 부담도 컸다.

음공을 익히고 오 할의 성취만 넘기면 안전권에 들어가는데, 그 오 할을 넘는 숫자가 매우 드물었다.

열에 한둘만 성공할 정도로 죽는 이가 속출했다.

다른 문파들보다 동도의 평균 능력 수준이 높았지만, 늘 오십 명 내외에 머물렀다.

그나마 최근 방도의 숫자가 일백 명을 넘어 그 어느 때보다 융성함을 자랑하고 있으나, 기본이 이삼백을 넘는 다른 문파들에 비하면 한참 부족한 규모였다.

헌원단승 실종 후 강북 내 영향력 경쟁, 헌원진용에 대한 반기와 패권 싸움 속에서도 그를 찾는 이들이 없었다.

객관적으로, 제대로 된 평가를 받고 있질 못했던 것이다.

그래서 이번 남침이 걸무무에게는 매우 중요했다.

규모는 작아도 실제 전력은 여느 문파를 압도한다는 걸 증명하려면 힘과 능력을 보여 주어야 하니까.

과거 빙궁의 지파라는 낙인을 지우기 위해서는 커다란 공도 세워야 했다.

 '묵검장 따위, 간에 기별도 가지 않지만, 이것들을 시작으로 호북을 깔끔하게 정리한 뒤에, 남하하면서 더 크게 활약만 하면 젊은 성주의 눈에 들고도 남지.'

 게다가 사질인 거담고가 성주의 측근으로 자리 잡고 있질 않은가.

 '사숙에게 인사 한 번 오질 않는 건방진 새끼지만, 놈의 입이 있어야 성주의 귀에 내 이름을 밀어 넣을 수가 있으니…….'

 "잡것들하고 노닥거릴 것도 없다. 이번엔 한 놈도 놓치지 말고 싹 죽여 버려라."

 걸무무의 외침에 습지 뒤쪽, 어둠 속에서 일백에 가까운 숫자가 튀어나왔다.

 검은색 장포에, 머리카락과 수염이 하나도 없는 새하얀 얼굴, 건조한 눈동자, 파리한 입술, 그리고 습지를 거침없이 미끄러져 오는 쾌속한 걸음.

 마치 방금 장례를 치르고 무덤에 묻혔다가 튀어나온 시체 무리가 몰려오는 것 같았다.

 이미 겪어본 광경이었음에도 묵검장의 사람들은 오싹한 한기를 느꼈다.

감능양은 멍하니 있어서는 안 된다는 걸 알기에 공력을 담아서 버럭 소리쳤다.

"정신 바짝 차려라! 흩어지지 말고 진을 이루어 맞서라!"

여홍라도 여인들을 자신의 주위로 불러 모으며 외쳤다.

"저들도 사람이에요! 베이면 살이 잘리고, 피가 흘러요! 그러니 당황하지 말고, 차분하게 힘을 합해 맞서면 어려움 없이 막을 수가 있어요!"

두 사람의 음성을 듣고 힘이 난 묵검장의 무리는 서로를 의지하며 방어 자세를 취했다.

"크크크크, 양이 모인다고 늑대의 이빨을 피할 수 있다더냐!"

걸무무는 비웃었다.

숫자에 있어서도 자신들이 배는 많으니, 순식간에 쓸어버리리라 확신하는 것이다.

하지만 곧 그의 표정이 굳어졌다.

묵검장의 사람들이 삼삼오오 무리를 이루어 방비를 하니, 동도들이 그 벽을 뚫어내질 못하고 반격까지 당하는 상황이 생겨났기 때문이었다.

'홍, 거저 얻은 명성은 아니라는 거냐.'

실상 이전에는 그들의 무서운 인상과 갑작스러운 기습에 당황하여 제대로 대응을 못 한 측면이 있었다.

또한, 한 번 싸운 경험을 바탕으로, 절벽 끝자락까지 밀린 위기 속에서 끌어올린 힘은 결코 만만한 수준이 아니었다.

'하지만 머리를 잃으면 몸뚱이는 힘을 잃기 마련이지.'

걸무무는 방벽 중심에 자리 잡은 감능양을 향해 움직였다.

스확—

"……!"

감능양은 듣기만 해도 몸이 떨릴 것 같은 차가운 소리에 움찔하며 급히 오른쪽으로 묵검을 내리쳤다.

팡—

빵빵하게 부풀린 돼지 방광이 터지는 소리와 함께 싸늘한 바람이 얼굴을 쓸고 지나갔다.

"카카카카, 이번엔 피하지 않고 잘도 막는구나!"

감능양의 얼굴이 고통스럽게 일그러졌다.

지난번에는 걸무무가 날린 음풍장(陰風掌)을 피했다가, 뒤쪽에 있던 문도들 두 명이 피를 토하며 죽는 안타까운 상황이 일어났었다.

한빙장처럼 냉기를 일으키는 구유음명신공(九幽陰冥神功)을 바탕으로 발출되는 걸무무의 음풍장에 대해서 전혀 몰랐기에 생겨난 결과였다.

감능양은 흑검으로 걸무무를 겨누며 호통을 쳤다.

"비겁하고, 악독한 놈!"

"생사가 걸린 싸움에 비겁하고 악독한 게 어디 있어! 그런 너는 내 수하들을 안 죽이겠다는 거냐?"

감능양은 대꾸하지 않았다.

할 말이 없어서가 아니라, 그의 심기를 어지럽히려는 걸무무의 의도에 걸려들지 않기 위해서였다.

"할 말이 없지? 그러니까 너희는 병신인 거야! 병신아, 이거나 더 먹어라!"

걸무무는 양손을 간발의 차를 두고 연이어 내질렀다.

그의 손바닥에서 서늘한 기운을 아지랑이처럼 풍기는 기의 덩어리가 생겨나 화살처럼 쏘아져 나갔다.

"내 옆에서 물러나라!"

그 여파가 작지 않을 것임을 예측한 감능양은 크게 소리치며 검에 공력을 가득 주입하여 좌우로 휘둘렀다.

파팡—

"큭!"

감능양은 신음을 터트리며 반탄력에 밀려 뒤로 네 걸음이나 물러났다.

거기에 그치지 않고 얼른 팔을 들어 얼굴을 가렸다. 터진 기파가 칼바람이 되어 얼굴을 쓸어왔기 때문이다.

그 매서움이 얼마나 대단했던지, 소매가 갈가리 찢기고,

베이고, 피부가 여러 갈래로 긁혀 핏물이 흘렀다.

"크크크, 앞을 보지도 않고 어떻게 싸우려고?"

걸무무의 조롱과 함께 차가운 기운이 날아오는 게 느껴졌다.

눈으로 확인하기에는 늦다고 판단한 감능양은 오감에 의지하여 흑검을 내리쳤다.

파팡―

장력이 흑검에 막혀 터졌다.

그러나 기쁨도 잠시, 묵직한 기운이 그의 옆구리를 가격했다.

퍽!

"큭!"

감능양은 장력에 얻어맞은 순간 몸에서 힘을 빼며 충격을 최대한 상쇄시켰으나, 반탄력을 이겨 내지 못하고 옆으로 사정없이 나뒹굴었다.

그는 곧바로 벌떡 일어났으나, 수십 개의 송곳으로 옆구리를 찔리는 듯한 극심한 고통에 비틀거렸다.

갈비뼈 네다섯 개가 부러진 결과였다.

"카카카, 꽤 아플 텐데, 강단이 있구만. 하지만 더 버텨 봐야 고통만 커질 뿐이야. 그냥 포기하고 모가지를 내밀라고. 내가 깔끔하게 부러트려줄 테니까."

걸무무는 얼음 위를 미끄러지듯 그에게 다가왔다.
"아버님!"
여홍라가 소리쳐 불렀다.
그녀는 어떻게든 감능양에게 가려고 했지만, 세 명의 동도가 앞과 좌우를 포위하고 냉기를 뿜어내 빠져나가지 못하게 했다.
'그 친구와 약속을 했는데, 끝까지 너를 지켜 주지 못해서 미안하구나.'
감능양은 자신의 죽음을 예감했고, 여홍라에게 안타까운 시선을 보냈다.
그리고 또 한 사람을 떠올렸다.
'아들아, 네가 미워서가 아니었다.'
그를 향해 빠르게 다가오는 걸무무의 양손에서 하얀 기파가 뿜어지며 물결쳤다.
'사랑한다, 아들아.'
두 개의 음풍장이 양손에서 동시에 쏘아져 그를 향해 날아왔다.
그는 부질없는 짓임을 알면서도 옆구리의 고통을 억누르고 흑검을 들어 올렸다.
'마지막까지, 후회 없이 싸우다 가리라.'
그는 모든 공력을 끌어올려 흑검에 밀어 넣으며 휘둘렀다.

펑—

한 개의 장력이 흑검에 막혀 터졌다.

그러나 또 다른 한 개는 그대로 감능양의 상체를 덮쳤다.

그는 눈을 크게 떴다. 죽음의 순간까지 절대 지지 않으리란 다짐을 지킨 것이었다.

펑—

"……?"

감능양의 눈동자에 의아함이 떠올랐다.

장력은 그의 코앞에서 터지고, 싸늘한 바람이 되어 상반신을 훑고 지나갔다.

"뭐야!"

걸무무가 짜증과 놀람이 어린 호통을 질렀다.

그는 감능양이 아닌 오른쪽을 쳐다보고 있었다.

감능양도 그의 시선을 따라 고개를 돌렸다.

"보철아!"

감보철이 흑검을 빼 든 채 달려오고 있었다.

어떻게 했는지는 알 수 없었지만, 감보철이 저 먼 거리를 격하고 장력을 막아 낸 게 분명했다.

"넌 뭐야!"

걸무무의 물음에 감보철은 대꾸하지 않았다.

그는 앞을 막아서는 동도를 향해 흑검을 휘둘렀고, 동도는 양손을 모아 내밀며 냉기의 장력을 내뿜었다.

서걱—

동도는 장력을 완벽히 내뿜기도 전에 두 팔이 잘리고, 가슴이 쩍 갈라지며 쓰러졌다.

감보철은 이에 그치지 않고 연이어 동도들을 쓰러트리며 빠르게 여홍라가 있는 곳까지 이르렀고, 그녀를 괴롭히던 동도들의 머리를 몸에서 분리시켰다.

"철랑!"

"여기서 기다리시오."

감보철은 거친 숨결을 내뱉으며 몸을 날렸고, 그가 향하는 곳에는 어처구니가 없다는 표정을 한 걸무무가 있었다.

"이 새끼가, 어딜!"

그는 신경질적으로 음풍장을 날렸다.

장력이 화살처럼 날아갔다.

감보철은 달려가던 그대로 옆으로 빠지며 장력을 피해 버리고, 다시 땅을 박차서 속도를 배로 높였다.

걸무무의 얼굴이 당혹감으로 붉어졌다.

그는 양손을 모아 내질렀다.

차가운 기파가 공간을 가득히 덮으며 날아갔다.

감보철은 달리는 그대로 흑검을 뒤로 당겼다가 위로 쳐올랐다.

스악―

기파가 둘로 갈라지고, 그 사이로 뛰어든 감보철의 신형이 순식간에 걸무무의 지척까지 이르렀다.

캉―

걸무무가 손으로 감보철의 흑검을 후려치며 내는 소리였다.

격돌하는 순간, 흑검과 손 사이에서 얼음 알갱이가 튀어나와 모래처럼 흩뿌려졌다.

감보철의 얼굴에 놀람이 어렸다.

맨손으로 흑검을 막아 낼 줄은 몰랐기 때문이었다.

'철사장이나, 소수공이라도 익혔단 말인가?'

아니었다.

순간적으로 손 주위의 공기를 극심한 냉기로 얼리고, 빙화시켜 막을 형성했던 것이다.

물론, 빙막은 지속적이지 않고, 잠깐 방어막 역할을 하고 산산이 부서지게 되어 있었다.

어쨌든, 감보철에게는 당혹스러운 상황이었다.

'큰일이다. 이 한 번을 위해서 모든 공력을 쏟아부었는데.'

그가 부친을 구하면서부터 펼친 검공은 그의 공력으로는 오랫동안 감당할 수가 없는 막강한 위력의 상승 무공이었다.

'그렇다면 진원지기(眞元之氣)를······.'

태생부터 가지게 되는 근원적 생명의 기운을 쓰게 되면 평생 그 후유증에 시달려야 하지만, 지금은 다른 방법이 없었다.

 감보철은 호흡을 고르며 흑검을 꽉 움켜쥐고, 걸무무를 노려봤다.

 '이 한 번으로 반드시!'

 공력과는 다른, 조금 더 깊고 거대한 기운이 단전에서 파도처럼 치밀어 오르고, 감보철의 전신에서 강력한 기파가 발산되었다.

 '보철이가 어떻게 이런 기파를?'

 가장 가까이서 감보철을 지켜보던 감능양은 너무 놀라 벌린 입을 다물지 못했다.

 '단금법(段錦法)으로 저 정도의 공력을 발산하는 건 불가능한데······.'

 단금법뿐만이 아니었다.

 감보철이 동도들을 풀 베듯 연이어 쓰러트리고, 걸무무를 일순간 궁지로 몰아넣었던 검의 움직임은 묵검장의 독문무공인 단천구식(斷天九式)의 초식에서 전혀 볼 수가 없는 움직임이었다.

 '보철아, 도대체 네게 무슨 일이 일어난 게냐.'

 감능양은 궁금증과 당혹감, 그리고 묘한 뿌듯함과 기쁨

을 느끼며 감보철을 바라보았다.

하지만 감보철의 상황은 감능양의 눈에 보이는 것과 달리 전혀 좋지가 않았다.

'크으, 제련현마강(製鍊賢魔罡)이 진원지기를 계속 흡수하고 있다.'

감보철은 한 번 공격할 정도의 진원지기만을 뽑아내려고 했는데, 진원지기가 주체할 수 없이 빠르게 빨려 나가고 있는 것이다.

'이대로는 파천비혼구십구검해(破天飛魂九十九劍解)를 펼치기도 전에 단전이 터져 버리고 만다.'

아니, 단전이 터지기도 전에 생기가 모두 빨려 나가 죽게 될 것이었다.

그러나 모순적이게도 그가 발산하는 기파는 더욱 강력해지고, 숨이 막힐 정도로 거대해지고 있었다.

그리고 그 놀라운 변화가 걸무무를 당혹시켰고, 불안케 했다.

그는 어금니를 악물어 바드득, 이를 갈고 소리쳤다.

"퇴각한다!"

동도들은 명령에 반응하여 즉시 몸을 빼고, 걸무무를 쫓아 습지 쪽으로 사라졌다.

묵검장의 무리는 그들을 쫓아가고 싶었으나, 지쳤고 싸

울 여력이 없어 멍하니 보고만 있을 수밖에 없었다.

감능양은 옆구리의 고통을 억누르기 위해서 점혈을 했다.

"후~"

그는 안도의 한숨을 내쉬며 몸을 바로 세우다가 감보철을 보고는 의아해했다.

걸무무를 향해 흑검을 겨눈 상태로 꼼짝하지 않고 있었기 때문이다.

"보철아?"

다가오던 여홍라도 이상하다고 생각하며 감보철을 불렀다.

"철랑, 괜찮아요?"

그러나 대꾸가 없었다.

그녀는 불안해하며 어깨를 흔들려고 손을 뻗었다.

그런데 감능양이 급히 그녀의 손을 제지하며 잡지 못하게 했다.

"지금 보철이를 건드려서는 안 된다. 눈동자의 움직임과 안색을 보니, 육기(六氣)중에 상화가 움직여, 지나치게 치달으면서 기가 역상하고 있다."

한 마디로 주화입마 초기에 접어들고 있다는 뜻이었다.

"아버님, 어떻게 하죠? 어떻게 해야 철랑을 구할 수 있죠?"

"우리가 할 수 있는 건 아무것도 없다. 지금 보철이의 몸에 내재된 기운은 우리가 감당하기에는 너무 크고, 강하다. 섣불리 도우려고 했다가 도리어 피해만 키우게 될 것이야."

"그럼요? 이대로 보고만 있어야 하나요?"

감능양은 한숨을 내쉬었다.

그의 마음은 여홍라 이상으로 답답했다.

'눈앞에 있는데도 아들을 도울 수조차 없다니. 나의 힘이 한참 부족하고, 무공의 경지가 낮음이 참으로 원망스럽구나.'

그는 저도 모르게 떨리는 음성으로 말했다.

"스스로 이겨 낼 수 있을 게다. 믿고 지켜보자."

    *   *   *

'으~ 더는, 더는, 억누를 수가······.'

감보철은 한계 상태까지 몰려 있었다.

제련현마강의 성취가 삼 할밖에 되지 않고, 그 특성과 위력을 완전히 파악하지 못한 원인이 컸다.

거기에 생명의 근원적 기운을 건드린 것부터 무리였고, 전체적으로 스스로 위기를 불러온 측면이 커서 남을 원망할 수도 없었다.

내부가 불타오르는 것처럼 뜨거워지고, 피부는 얼음처럼 차가워졌다.

 겉으로는 멀쩡해 보여도, 내기가 뒤엉키며 전신 근육이 비틀리고 있었다.

 '끄으.'
 속이 울렁거렸다.
 머리가 깨질 듯이 아팠다.
 뱃멀미를 하는 것처럼 시야가 어지럽고, 만취한 것처럼 의식이 흐릿하고, 초점이 중심을 잡지 못한 채 빙빙 맴돌았다.

―정신 차려!―

 벼락같은 외침이 머릿속을 흔들었다.
 감보철은 화들짝 놀라며 몸서리를 쳤다.

―어리석다! 군화(君火)를 움직일 수준에도 이르지 못했으면서, 상화를 건드려 준동케 하다니!―

 감보철은 윙윙거리며 머릿속을 울리는 음성에 혼란을 느꼈다.
 하지만 곧 누군가 그에게 전음으로 말하고 있음을 깨달

았다.

'어떤 고인이?'

전음이란 것 자체가 이론적으로 절정의 경지 이상이어야 가능한 수준이고, 직접 맞닿아 내기를 살피지도 않고 그의 상태를 꿰뚫고 있다면, 감히 상상할 수도 없는 고수일 것이 분명했다.

그러나 감보철은 역으로 전음을 날릴 수가 없어 정체를 물을 수도, 도움을 요청할 수도 없었다.

허나, 다행스럽게도 전음의 주인은 그에게 주화입마를 벗어날 방법을 알려 주었다.

―지금부터 내 말을 따라 기를 움직여라!―

곧 집중할 기혈과 움직일 혈도의 길을 설명하는 전음이 들려오고, 감보철은 그대로 기를 운용하기 시작했다.

점차 들끓던 화기는 가라앉고, 차갑게 식어가던 피부에 온기가 감돌며 상태가 호전되어 갔다.

*　　　*　　　*

털썩!

감보철은 물에 흠뻑 젖은 짚단처럼 갑자기 축 늘어지며 쓰러졌다.

"보철아!"

"철랑!"

감능양이 옆에 주저앉고, 여홍라는 피해가 될까 건들지는 못하고 가까이 붙어서 내려다보며 소리쳐 불렀다.

주위에서 염려 어린 시선으로 바라보던 나머지도 몸을 더욱 기울이며 상태를 살폈다.

"헉, 헉, 헉……."

감보철은 거친 숨결을 진정시키며 천천히 눈을 뜨고, 힘겹게 상체를 일으켜 세워 앉았다.

감능양은 기뻐하면서도 스스로 주화입마를 떨쳐 낸 것에 대한 놀라움을 감추지 못하고 물었다.

"괜찮은 게냐?"

감보철은 고개를 끄덕였다.

"철랑."

여홍라는 눈물을 흘리며 조심스럽게 어깨에 손을 얹었다.

감보철은 그녀를 안심시키기 위해서 미소를 지었다.

"정말 괜찮아졌으니, 염려하지 않아도 되오."

"어떻게 된 것인지 아비에게 설명해 주겠느냐? 내 생전 본 적이 없던 그 무공은 무엇이고, 그 막대한 공력은 어찌

된 것이냐?"

 감능양의 의문은 당연했고, 감보철도 속 시원하게 설명해 주고 싶었다.

 하고 싶은 말이 많았고, 많은 말들이 혀끝까지 올라왔다.

 하지만 그때, 제련현마강, 파천비혼구십구검해가 기록된 비급 첫 장에 꽂혀 있던 종이의 내용이 떠올랐다.

　　<오늘의 일과 들은 내용, 팔진문과 연관된 모든 것은 비밀에 부쳐야 하며, 무덤까지 가져가야 하오. 이를 어길 시에는 이 행운이, 본인의 목숨을 비롯하여 소유하고 있던 모든 것들과 함께 지체 없이 회수될 것이오.>

 그날, 대용성 어딘가에 있을 지하 광장에서 들었던 용무쌍의 설명과 경고, 그가 안내인을 통해서 건네준 비급, 그 속에 담긴 경고문.

 제련현마강과 파천비혼구십구검해가 가짜가 아닌 것처럼, 용무쌍의 경고 또한 진짜일 테고, 그래서 가볍게 생각할 수가 없었다.

 '말하고 싶다. 설명하고 싶다. 내가 왜 그때 비무를 포기했는지, 왜 아버지의 바람을 외면하고, 가문에 치욕을 안겼

는지, 모든 걸 말하고 싶다.'

그는 강남무림영웅대회에서 겁을 먹었던 게 아니었다.

오히려 죽기를 각오하고 싸울 생각까지 했었다.

묵검장이, 부친과 자신이 결코 흑검에 의지하여 승리를 도둑질하는 게 아니란 걸 증명하기 위해서였다.

그런데 누군가 다가왔다.

비무를 포기하면 당신을 호북 제일의 고수로 만들어 줄 무공을 주겠소.

생전 처음 본, 낯선 사람의 말이었다.

그런데 믿어 버렸다. 그리고 부친의 간곡한 부탁을 외면하고 숨어 버렸다. 그리고 정말로 그러한 무공을 얻었다.

지금도 그때 제정신이 아니었다는 생각밖에 들지 않았다.

귀신에 씌웠는지, 내심 용무쌍과 비무하는 것이 두려워 핑계가 필요했던 것인지 모르지만, 그 도박과 같은 미친 결정은 그에게 엄청난 기연을 얻게 해 주었다.

'하지만……'

존경하는 부친에게, 사랑하는 아내에게 이야기할 수가 없었다.

그는 부친의 시선을 피해 고개를 숙였다.

"아버지, 죄송합니다. 말씀드릴 것이 없습니다."

감능양의 얼굴에 실망감이 어렸다.

하지만 고개를 끄덕였다.

"그래, 알겠다."

그는 감보철의 어깨를 감싸고 끌어안았다.

"네가 살아 있으면 된다. 살아 있기만 하면 돼."

"아버지……."

감보철은 부친의 품에 머리를 묻으며 울었다.

감능양의 눈에서 더욱 굵은 눈물이 흘렀다. 여홍라도, 다른 혈족과 제자들도 눈물을 쏟으며 울었다.

그렇게 기쁨과 슬픔을 눈물로 흘려보낸 묵검장의 무리는 야숙을 포기하고 다시금 이동할 준비를 했다.

걸무무 등이 물러나긴 했지만, 언제 또다시 나타날지 알 수가 없었기 때문이다.

길을 나서기 전, 감보철은 사람을 찾듯 주위를 둘러보았다.

'누구였을까.'

전음을 통해 그가 주화입마를 벗어날 수 있게 해 준 고인의 정체는 끝까지 알 수가 없었다.

'고인의 도움이 아니었다면 나는 절대 살아나지 못했을 것이다.'

문득, 한 가지 간과하고 있던 점에 생각이 미쳤다.

'제련현마강을 잘 알지 못하면 도울 수 없었을 텐데……'

그래서 한 사람이 떠올랐다.

'설마, 그가?'

하지만 만약 그라면 설명되지 않는 몇 가지가 있었다.

진작 나서서 함께 싸우지 않은 것, 굳이 모습을 감추고 전음으로 도움을 준 것, 도움만 주고 모습을 드러내지도 않은 채 종적을 감춘 것.

'알 수가 없구나.'

생각해 보면 그가 지난번 숨겨진 정체를 드러냄으로써 해소된 게 아니라, 오히려 의문과 궁금증만 커져 버렸다.

'모르는 게 약일지도. 괜히 더 많은 걸 알려고 하다가는……'

설명하기 힘든 두려움이 가슴 한편에서 꿈틀거렸다.

그래서 생각하기를 멈췄다.

'어떤 이유든 간에 지금 강남의 위기를 해결할 수 있는 사람은 그밖에 없다.'

모르는 사람은 공감할 수가 없겠지만, 그날 함께 지하광장에 있던 복면인들은 모두 그와 같은 생각을 하고 있을 것이었다.

"철랑, 뭘 그리 생각해요?"

"아무것도 아니오. 어서 갑시다."

감보철은 아내와 양쪽에서 부친을 부축하고 습지를 등지며 서쪽 산자락으로 나아갔다.

* * *

묵검장의 무리가 떠나가는 걸 한눈에 볼 수 있는 언덕 위.

용무쌍은 나무 그림자에 스며들어 완벽히 은신한 채로 그들이 시야에서 사라질 때까지 지켜보았다.

'고작 삼 할의 성취로 어설프게 나선 것은 멍청한 짓이었지만, 강건한 의지와 희생할 수 있는 의지력은 인정해 주도록 하지. 노력해라. 이 년, 아니 일 년이면 호북을 선도할 수도 있을 거다. 물론, 그때까지 살아 있어야 하겠지만.'

그는 돌아서며 그림자 밖으로 나왔다.

'이제는 내 일을 끝내야겠군.'

용무쌍은 언덕을 박차고 뛰어올라 십여 장을 날아서 습지로 내려섰다.

스스슥—

엄청난 높이에서 낙하했음에도 그의 발끝은 물컹한 진흙에 조금도 빠지지 않고 착지하자마자 스치듯이 미끄러져 나아갔다.

　엄청난 속도로 습지를 가로질러 가던 그는 저 멀리 달려가고 있는 수십 명의 무리를 발견하고 휘파람을 불었다.

　삐이익—

　공력이 실린 휘파람 소리는 성난 호랑이의 울부짖음처럼 우렁찬 울림을 만들어 습지를 꿰뚫고 나아가, 산과 산 사이로 메아리쳤다.

　소리에 놀란 무리는 급히 뒤를 돌아봤다.

　어둠 속 흐릿한 달빛만 받았을 뿐인데도, 수십 명의 얼굴은 백지처럼 하얗게 번들거렸다.

　그들은 걸무무와 음귀동의 무리였다.

　"저건 또 뭐야?"

　걸무무는 습지를 달려오는 용무쌍을 발견하고 눈살을 찌푸렸다.

　가뜩이나 심기가 불편한 상황에서 예상치 못한 존재가 등장했으니, 기분이 좋을 리가 없는 것이다.

　'아까 그 어린 새끼가 쫓아온 건 아니고, 처음 보는 놈인데?'

　대용성 성주에 대한 이야기는 들어 본 적이 있으나, 직접 본 적은 한 번도 없었으니, 얼굴을 보고도 용무쌍의 정체를 알아채지 못하는 게 당연했다.

'장대처럼 멀쑥하게 크기만 하고, 생긴 건 멍청하게 생겨가지고……'

겉모습에선 대단한 점을 찾아볼 수가 없었다.

하지만 걸무무의 짜증 섞인 표정 한편으로 긴장감이 자리했다.

주변을 쩌렁하게 울리는 휘파람 소리에 담긴 묵직함 때문이었다.

'겉모습만으로 판단할 수 없는 놈이다. 평범한 고수가 아니야.'

달려오는 움직임도 제법 쾌속하고, 안정적이었다.

무엇보다 겉모습만으로 판단해 감보철을 만만하게 봤다가 낭패를 당했었으니, 방심할 수가 없는 것이다.

'혼자인가?'

눈을 씻고 살펴봐도, 오감을 키워 사방을 둘러보아도 용무쌍 외에는 걸리는 인기척이 없었다.

'크크크, 아무리 대단한 놈이라도 한 놈뿐이라면 겁날 게 없지.'

아까도 감보철 한 명 때문이 아니라, 다른 묵검장 고수들이 있어서 위험 부담을 느끼고 퇴각한 것이었다.

그는 자신감을 얻었고, 눈동자에 궁금증과 더불어 잔인한 빛을 담으며 어느새 다섯 장의 거리 안으로 들어온 용무쌍을 향해 소리쳤다.

"넌 뭐하는 놈이기에 감히 나를 불러 세웠느냐?"

용무쌍은 대꾸하지 않았다.

걸음을 멈추지도 않았고, 그대로 계속 달려왔다.

"염병할 자식이, 내 말을 씹네. 죽여!"

동도들은 우르르 걸무무의 앞을 막아서고, 그중 다섯이 앞으로 나서며 장력을 날렸다.

화아아아—

개개인의 장력은 일류고수 수준의 위력이었으나, 다섯이 모여 날린 장력은 그 이상의 위력으로 강력한 음기를 발산하며 전방을 가득 채웠다.

타탁—

용무쌍은 장력과 맞닥뜨리기 전에 바닥을 차고 뛰어올랐다.

"엇!"

동도들은 깜짝 놀랐다.

용무쌍이 공간을 가득 채운 장력을 디딤돌 삼듯이 공중을 밟으며 뛰어왔기 때문이다.

퍼퍼퍼퍼퍽!

순식간에 간격이 좁혀지고, 동도들이 피할 사이도 없이 용무쌍의 발끝이 그들의 얼굴을 연이어 걷어찼다.

털썩!

머리가 수박처럼 쪼개지며 다섯 구의 몸뚱이가 나무토막처럼 우르르 무너졌다.

용무쌍은 땅에 착지하자마자 다시 뛰어올라 동도들을 뛰어넘고 걸무무를 덮쳤다.

"흥!"

걸무무는 코웃음을 치며 양손을 내질렀다.

동도들과는 비교도 할 수 없는 냉한 장력이 뿜어지며 용무쌍을 향해 쏘아졌다.

용무쌍은 오른발로 왼발의 발등을 찍으며 공중으로 솟아올랐고, 냉기의 장력은 간발의 차이로 그의 발끝을 스치고 지나갔다.

"냉막진(冷縸陣)을 펼쳐라!"

걸무무가 버럭 소리치자, 동도들이 이리저리 움직이며 공중에 떠올라 있던 용무쌍을 중심으로 세 겹의 원을 형성했다.

소수의 적을 상대로 펼치는 음귀동의 합격진이었다.

"발!"

걸무무가 외치자, 동도들은 안쪽 원을 시작으로 촌각의 차이를 두고서 장력을 날렸다.

화아아아―

원형의 장력과 장력이 교차하며, 냉기의 그물막이 만들어지고, 일순간 용무쌍이 어디로도 피할 수 없도록 사방을 둘러쌌다.

용무쌍은 몸을 웅크렸다. 그리고 무게 중심을 한쪽으로 기울이더니, 팽이처럼 휘돌았다.

파파파파파파파—

회전력과 장력이 맞부딪치며 얼음을 빠르게 긁어내는 듯한 격렬한 충돌음이 생겨나고, 공기 속에 스며들어 있다가 반쯤 얼어붙은 모래알 크기의 물방울이 안개처럼 흩뿌려졌다.

"악!"

"큭!"

동도들 몇 명이 신음을 터트리며 나뒹굴었다.

반쯤 얼어서 흩어지는 물방울이 암기처럼 빨랐고, 피부를 간단히 뚫어 버릴 매서운 힘이 담겨 있었기 때문이다.

얼굴이 일그러진 걸무무가 소리쳤다.

"계속 공격해! 막을 흐트러트리지 말고 유지해!"

동도들은 쓰러진 동료의 자리를 메우고, 원을 좁히며 열심히 장력을 날렸다.

그러나 용무쌍은 지치지도 않고 팽이처럼 돌면서 모두 막아 내며 낙하했다.

그 와중에 동도들만 십여 명이 죽었다.

용무쌍은 원의 중심에 내려서자 가슴이 습지 바닥에 닿을 것처럼 잔뜩 낮추고, 바닥을 차며 왼쪽으로 낮게 날아갔다.

스스스스스—

거미줄처럼 엇갈리는 장력을 머리 위로 흘려보내며 동도들에게 바짝 다가선 용무쌍은 갈고리처럼 세운 손끝으로 좌우를 할퀴었다.

콰득—

"끄악!"

허벅지의 살이 뜯기고, 뼈가 부러지는 소리와 함께 두 명의 동도가 비명을 지르며 쓰러졌다.

빠각—

쓰러지는 동도들의 머리 위로 한 바퀴 휘돌아 떨어지는 용무쌍의 발뒤꿈치가 연달아 내리꽂혔다.

타탁—

용무쌍은 휘돌아 내리며 땅을 차고 앞으로 나아가 양손을 연신 휘저어 동도들을 잡초처럼 쳐내고, 원형의 고리를 끊어 버렸다.

세 겹의 한 축을 순식간에 뚫어 버린 그는 너무 놀라 눈을 동그랗게 뜨고 있는 걸무무를 향해 짓쳐 들어갔다.

'빌어먹을!'

놀람과 분노에 덜덜 떨고 있던 걸무무는 화들짝 정신을 차리며 양 손바닥을 내질렀다.

구유음명신공을 극성으로 발휘하여 온 힘을 다한 만큼 엄청난 냉기가 가득히 퍼져 나갔다.

그러나 곧장 뒤로 물러났다.

자신의 힘으로는 이길 수 없는 상대임을 알기에 혼자서 상대할 생각이 전혀 없었던 것이다.

그러나 용무쌍이 주먹을 짧고 빠르게 연속으로 내지르며 장력을 꿰뚫어 버리고 그가 물러나는 것보다 빠르게 다가오자 홀로 맞서지 않을 수가 없었다.

"이놈을 막아!"

그는 절박한 음성으로 동도들을 소리쳐 부르며 쉴 틈 없이 장력을 내질렀다.

퍼퍼퍼퍼펑—

두 사람 사이에 냉기의 장막이 계속해서 겹쳐지고, 부서지길 반복했다.

동도들이 용무쌍의 뒤쪽으로 들이닥쳤다.

걸무무는 내심 안도했다.

그러나 용무쌍의 주먹이 그가 또 다른 냉막을 만들어 내기 전에 마지막 냉막을 뚫고 들어왔다.

걸무무는 대경실색하여 급히 뒤로 몸을 뺐다.

'간격은 충분하다.'

하지만 그 순간 용무쌍의 소매 속에서 아미자가 튀어나왔다.

걸무무는 반사적으로 왼 손바닥을 내밀었고, 손에 구유음명신공의 공력을 응집시켜 돌처럼 단단한 빙막을 형성했다.

푹—

"컥!"

빙막과 손을 뚫어 버린 아미자는 그대로 심장에 절반이나 박혀 들어갔다.

걸무무의 눈동자에서 생기가 빠져나가고, 허무의 감정이 깔렸다가 뒤로 쓰러지는 신형을 따라 흩어졌다.

용무쌍은 그런 걸무무를 보고 있지 않았다.

그의 심장에 아미자를 박아 넣자마자 바로 돌아서서 동도들을 향해 주먹을 내질렀다.

퍼퍼퍼퍼퍼퍽!

동도들이 발출한 냉기 어린 장력이 산산조각 나고, 대여섯 명이 피를 토하며 달려오던 것보다 더 빠르게 튕겨 나갔다.

남은 오십여 명의 동도들은 움찔하며 뒤로 몸을 뺐다.

걸무무가 죽었고, 전혀 지치지도 않은 용무쌍이 엄청난 무위로 그들을 압도하고 있는 상황이기 때문이었다.

'동주가 죽었으니, 훗날을 기약하자.'

동도들은 이길 수도 없는 고수인데 구태여 싸움을 고집하여 목숨을 버릴 이유가 없다고 생각했다.

그들은 한마음이 되어 용무쌍을 등지고 달렸다.

"한 놈도 살려 보내지 마라."

용무쌍이 나직한 음성으로 말했다.

그 순간, 경공을 펼치며 달리던 동도들의 발아래에서 딱 그들 숫자만큼의 비수가 습지를 뚫고 불쑥 튀어나와 발바닥을 찔렀다.

"악!"

오십여 명은 동시에 비명을 지르며 앞으로 고꾸라졌다.

다시 동도들 숫자만큼의 비수가 습지 바닥에서 튀어나와 쓰러지는 그들의 가슴과 목을 찔렀다.

침묵이 흘렀다.

간헐적으로 핏물이 울컥울컥 흘러나오고, 잔경련을 일으키는 움직임이 있었으나, 살아 있는 자는 아무도 없었다.

참으로 허망한 죽음이었다.

걸무무를 잃지 않았다면, 용무쌍의 무위에 압도되고 놀라 도망치는 중이 아니었다면, 평소의 일 할 만큼이라도 냉정했었더라면, 결코 이런 식으로 허무하게 전멸해 버리진 않았을 것이었다.

용무쌍은 고개를 돌려 걸무무의 시신을 바라봤다.

손을 뻗었다.

심장에 박힌 아미자가 빨려 나와 공중을 날아서 그의 손에 잡혔고, 곧 소매 속으로 사라졌다.

용무쌍의 시선은 걸무무의 얼굴 쪽으로 움직였다.

그에게 걸무무의 얼굴은 낯설지 않았다.

과거 강북대전이 한창이었던 시절, 걸무무는 빙궁의 선봉대로서 많은 활약을 했고, 이후 말기에 들어서고도 북혈성의 골칫거리 중 하나였다.

그러하기에 용무쌍이 제거할 목록에 오르기도 했었다.

만약 성주의 궁주 제거 지시가 없었다면, 그 시절 그의 손에 목숨을 잃었을 것이다.

'과거는 과거에 남겨 두어야 하는 것인데……'

걸무무는 빙궁의 잔재였다.

용무쌍의 목적은 헌원진용과 북혈성의 흔적을 지우는 것이기에, 원래는 다시 만날 일도 없어야 했다.

하지만 걸무무는 이전의 명성과 영화를 꿈꾸며 북혈성의 사냥개가 되었다.

그대로 방치하면 능력이 있음에도 두각을 나타내지 못하고 있는 다른 여러 고수들과 함께 북혈성의 맹수로 변모하게 될 것이었다.

'내가 이자를 비난할 입장은 아니지.'

그 자신도 과거의 잔재가 아니던가.

이미 오래전에 무림을 떠나고, 흔적조차 남기지 말았어야 할 더러운 잔재.

"주군, 시신들은 어찌할까요? 이전처럼 묻을까요?"

뒤로 다가온 추명살이 물었다.

"놔두세요. 습지가 알아서 시신을 삼켜 버릴 테니까."

그의 말대로 걸무무를 비롯한 동도들의 시신은 조금씩 습지 속으로 잠겨 들어가고 있었다.

용무쌍은 시신을 지나쳐 걸으며 물었다.

"다음 표적에 대한 소식은 들어왔나요?"

"안휘 잠산(潛山) 쪽에서 영문파(迎門派)의 잔존 문도들을 쫓고 있다는 정보를 받았습니다. 남은 둘도 안휘 내에 있다는 게 확인되었고, 정확한 위치도 곧 파악될 것이라고 합니다."

"서두르면 모두 열흘 내에 처리가 가능하겠군요. 갑시다. 오행원이 무너지기 전에 북쪽으로 가려면 시간이 촉박합니다."

"존명."

용무쌍이 앞장서 움직이고, 추명설과 암영문 문도 수십 명이 뒤따르며 습지를 벗어나 동쪽으로 빠르게 사라졌다.

*   *   *

 군웅십문의 하나인 오행원(五行院)은 여느 문파들과는 운영 방식과 가치관부터가 확연하게 다른 독특한 문파였다.

 동쪽 남단에 속하는 만큼, 구성원 중에 이족이 많아서 생각이 자유롭고, 종족적인 차별도 존재하지 않았다.

 실상 중원의 한족들이 가지는 선입견과 달리 매우 공평하고, 평화로운 문파였다.

 그들의 공평함과 자율성을 알 수 있는 예가 원주를 뽑는 방식이다.

 오행원에는 하나가 아닌, 다섯 개의 본원이 있다.

 상산(常山) 목원(木院), 강산(江山) 수원(水院), 구룡산(九龍山) 화원(火院), 선하령(仙霞嶺) 토원(土院), 금화(金華) 금원(金院).

 각 원에는 각 행의 수장인 행장이 한 명씩 있고, 오 년에 한 번씩 그해의 기운이 가장 강성한 행의 수장으로 원주가 정해진다.

 그리고 그 원주가 속한 곳을 본원으로 삼아서 오행원이 오 년 동안 운영되는 것이다.

 조금만 남쪽으로 내려오면 다양한 민족이 어울려 사는

강남이기에 인정받고, 존립할 수 있는 문파라 생각할 수 있 겠지만, 힘의 논리가 통용되는 무림은 조금만 힘이 약해도 독특함이 배척받고, 거부당하고, 짓밟히는 곳이 아니던가.

즉, 오행원은 힘에 굴복하지 않고, 멸시를 존중으로 바꿀 수 있을 정도로 많은 고수들과 막강한 전력을 갖춘 문파였 다.

그리고 산동을 떠나온 헌원진용과 규모 삼천에 이르는 본진 무력대는 강행군으로 강소를 빠르게 돌파하여, 이 년 전에 오행원의 본원이 된 상산 목원을 앞에 두었다.

* * *

두두두두—

네 무리로 나누어진 금갑철기군 수백의 기수들이 금빛을 번뜩이며 각각 시간차를 두고 상산 주위를 맴돌고 있었다.

상산은 절강에서 유명한 회계산, 천목산보다 낮았고, 폭 이 좁았다.

그러나 단 하나, 나무의 풍성함만은 절강의 그 어떤 산들 보다 뛰어났다.

장정 두세 명이 양팔을 벌려도 둘러싸기 어려울 정도로 두텁고, 쭉쭉 뻗어 올라가, 잎이 무성한 거목들이 즐비한 데다, 아름다운 꽃이 열리는 화목, 과실이 열리는 과목 등 그 종류도 다양했다.

한마디로 목의 기운이 강성한 산이기에, 오행원 목원이 근거지로 삼기에 최적의 장소인 것이다.

그러나 이를 공략하는 입장에서는 꽤나 골치 아픈 곳이었다.

물론, 지형은 험하지가 않았다.

하지만 나무와 넝쿨이 빼곡하여 서쪽 남방의 밀림을 방불케 하니, 시야가 넓지 않고, 목원의 위치를 가늠하기가 힘들어 강공을 감행하여 오르기가 어려웠다.

게다가 은신을 알아채기 힘들어, 기습을 펼치기도 용이하지가 않았다.

그래서 북혈성 본진이 상산에 당도한 지 거의 하루가 되도록 이렇다 할 공격을 시도하지 못하고, 금갑철기군이 산을 맴돌며 빠져나갈 길을 막는 데만 치중하고 있는 형국이었다.

* * *

"성주님."

만조단 단주 동성이 천막 안으로 들어왔다.

헌데, 그의 표정이 썩 편치가 않았다.

헌원진용은 좋지 않은 소식이 있음을 알아채고도 담담히 말했다.

"말해보게."

"흑유부(黑幽府) 부주 탄솔일검(坦率一劍) 여병, 뇌성문(雷聖門) 문주 무도천괴(舞蹈舛怪) 추누, 능파당(凌波堂) 당주 단천노수(斷天老叟) 풍달, 그리고 음귀동 동주 음부귀령 걸무무의 시신이 발견되었습니다."

어느 정도 예상한 보고 내용이었음에도 헌원진용의 얼굴이 딱딱하게 굳어졌다.

"수하들은?"

"역시 모두 시신으로 발견되었습니다."

"종적이 묘연한 자들이 더 있다고 했지?"

"예, 세 명이 더 있습니다. 계속 수색 중입니다."

"수색을 중단해."

"예?"

"다 죽었을 텐데, 수색에 인력을 낭비할 필요는 없잖아."

"흉수들을 찾아내려면 시신이 필요합니다."

"의미 없어. 그들 대부분이 잔존 무리들을 소탕하는 작업 중이었으니, 그자들에게 당한 것이겠지. 나중에 다 쓸어 버리면 되는 거야."

"하나같이 생존자 하나 없이 전멸당한 것이 마음에 걸립니다. 그리고 시신의 상태를 보면 대부분 살수에게 당한 흔적이 보인다고 합니다. 잔존 무리 말고도 다른 움직임이 있는 게 아닌가, 의심스럽습니다."

"그럴 수도 있겠지."

사실 헌원진용은 가능성만 열어둔 게 아니라, 확신하고 있었다.

'죽은 자들 모두 내가 진작부터 예의 주시하던 자들이었다.'

그러나 고의로 외면했던 인물들이었다.

당시엔 힘도, 세력도, 분위기도 완성되지 않은 상황이라 섣불리 관심을 드러냈다가는 반대 세력에 포섭되거나, 멸문당할 가능성이 높았기 때문이었다.

또한, 실력을 갖춘 만큼 인정받아 활약하지 못하는 것에 대한 불만이 쌓이게 될 테고, 필요한 시점에 등용하면 단번에 확고한 충성심을 끌어낼 수 있다는 생각도 있었다.

그래서 이번 남침 중에 적당한 시점을 잡아 중직을 맡겨 제대로 써먹으려고 계획했는데, 공든 탑이 무너진 격이었다.

'이는 잔존 세력에게 당한 게 아니라, 어떤 의도를 가진 자들에게 제거당한 걸로 봐야 한다.'

다만, 외부의 계략인지, 내부의 계략인지 알 수 없다는 게 문제였다.

'차라리 외부라면 크게 걱정할 게 없겠지만, 내부라면……'

강남의 패권과 이권을 내걸어 남은 반대 세력과 북혈성 내부의 중진들을 다독이고 포섭했으나, 때에 따라서 언제든 돌아설 수 있는 자들이 아니던가.

또한, 모두가 진심으로 머리를 숙였다고 볼 수도 없기에, 남침이라는 하나의 목적 아래 억눌러 두었을 뿐, 위험스러운 요소는 아직도 산재해 있었다.

'하지만 이러한 사건들은 결국 나의 머릿속을 어지럽게 만들고, 정신을 분산시키기 위한 의도일 터. 이럴 때일수록 한 방향으로 목표를 잡아야 한다.'

헌원진용은 일어났다.

"공격을 시작하겠다."

좌우에 앉아 대기하고 있던 중진과 측근들이 벌떡 일어나 머리를 숙였다.

"존명."

"담충."

담충이 앞으로 나와 머리를 숙였다.

"네가 수하들을 이끌고 선봉에 선다."

담충이 대답도 하지 않았는데, 거담고가 앞으로 나섰다.

"성주님, 음귀동 동주는 속하의 사숙이 됩니다. 제가 선봉에 서서 적들의 피로 사숙의 죽음을 위로케 하도록 허락해 주십시오."

헌원진용은 고개를 끄덕였다.

"허락한다. 대신 담충과 함께 선봉에 선다. 그리고 활약 여부에 따라 한 명을 본진의 총령으로 삼을 것이다."

측근들과 중진들이 놀라 눈을 크게 떴다.

성주가 두 사람에게 거는 기대와 신임이 얼마나 큰지 알 수 있는 파격적인 조건이기 때문이었다.

'장강의 뒤 물결이 앞 물결을 밀어낸다더니.'

'하긴 이런 상황은 총령이 성주가 되기 전부터 이미 예견된 거라고 해야겠지.'

전대 성주 때부터 활약해 왔던 중진들은 물러날 때가 얼마 남지 않았음을 깨달았고, 측근들은 내심 불만스러워하면서도 어느 사람과 친해지고, 어느 쪽에 줄을 넣어야 할지에 대해서 고민했다.

거담고가 한쪽 무릎을 꿇고 크게 외쳤다.

"속하, 물불을 가리지 않으며 적들을 쓸어버리고, 성주님께 스스로 복종하지 않는 죄를 물어 오행원을 피로 씻어내겠습니다!"

그에 반해서 담충은 담담하게 머리를 조금 더 숙일 뿐이었다.

"출정하라."

"존명!"

수하들은 천막을 우르르 나서고, 헌원진용은 뒤돌아서서 의자 옆에 세워둔 지팡이를 집어 들었다.

세 개의 은빛 철봉을 배배 꼬아 버린 모양에, 머리 쪽은 고양이 눈처럼 생긴 보석이 박혔고, 전체적으로 붉은빛이 은은하게 빛나고 있었다.

무덤에서 찾아낸 조부의 지팡이였다.

"누구든, 뒤에서 무슨 짓을 하든 상관하지 않는다. 허튼 생각을 할 틈도 없이 강남을 쓸어버릴 테니까."

헌원진용은 지팡이를 꽉 움켜쥐고 천막을 나섰다.

〈다음 권에 계속〉

DREAMBOOKS

DREAMBOOKS

DREAMBOOKS

DREAMBOOKS